女子高生ランジェリー

魅惑のTバック姉妹

宝生マナブ

挿絵／相田麻希

JN266744

KILL TIME COMMUNICATION
KTC

Contents

目次

登場人物　*Characters*

若松 雅也
(わかまつ まさや)

十五歳の高校一年生。内気な性格の少年。加奈子に一目惚れする。

神崎 加奈子
(かんざき かなこ)

十七歳の高校三年生。成績優秀で真面目な少女。控えめな性格ながら実はＦカップの豊満ボディの持ち主で男子生徒からの人気は高い。ランジェリーデザイナーになるのが夢。

神崎 詩織
(かんざき しおり)

加奈子の姉。名門女子大の学生。スタイル抜群でＥカップのバストを誇る。明るい性格で大胆な行動を取ることがある。

若松 玲子
(わかまつ れいこ)

雅也の母親。加奈子が目標としているランジェリーショップの経営者兼デザイナー。

プロローグ

真夜中の住宅街――。

高級な一戸建てが建ち並ぶ、かなり〝山の手〟な地域だ。誰もが寝ているし、近所にはコンビニもファミレスもない。全くの静寂に支配されている。

とある家の二階では、女子高生がベッドで横になっていた。

壁にはクラシカルなセーラー服が掛けられており、勉強机や本棚には参考書がずらりと並んでいる。相当にレベルの高い学校に通っているのは一目瞭然だ。

だが、そうしたキャラクターとは似合わない本や雑誌も目立つ。

目立っているのは裁縫やデザインの専門書だ。ファッション雑誌もバックナンバーがずらりと揃っている。参考書は大学受験用なのに、こちらの方はデザイナーの専門学校志望者が読むものだ。

少女が着ているのは、シンプルなパジャマ。

色は薄いグリーンで、柄は一切、プリントされていない。女子高生が着るにしては、かなり大人びたものだ。しかし、少女がファッションデザインに関心があるのだとすれば、それも頷ける。

しかし、本当に驚くべきことがあるとすれば、少女の圧倒的な美貌だろう。

まさに正真正銘の美少女なのだが、今のテレビや映画、雑誌に登場するようなアイドルタイプではない。

何よりヘアスタイルが黒髪のストレートロングだ。表情は真面目で清楚そうだし、知的な印象も強い。加えて憂いのような雰囲気が漂っている。今の時代に、これほどまで〝お嬢さま〟な少女がいたのか、と驚く者は少なくないはずだ。

そんな少女の胸元――。

女子高生は横たわっている。だからパジャマのバストは、かすかではあるものの、ふんわりと優しい隆起を見せていた。

いかにも少女らしい膨らみだが、よく考えてみれば、これは普通の状況ではない。なぜなら、この女子高生は仰向けに寝ているからだ。

多くの女性は寝る時、ブラジャーを外してしまう。当然ながら乳房は重力に押されて平らになる。ところが、美少女のパジャマには、バストの膨らみがはっきりと姿を見せている。

しかも、この女子高生は全体的には、かなりスレンダーなプロポーションだ。特に手足は極めて細く、長い。だから少女の胸元は、もっと平板だったとしても何の不思議もなかった。

こうなると、考えられることはただ一つ。

少女のバストが、相当に大きいという可能性だ。しかも隆起の曲線は極めて優美だから、とすれば乳房はかなり柔らかく、しかも弾力も豊かなのかもしれない。

もし、この女子高生がパジャマを脱げば、息を呑むような巨乳が出現する——そんな妄想を抱かせてしまう美少女は今、ベッドに横たわり、小さな明かりの下で雑誌を熱心に読んでいる。

開かれているページは何と、ランジェリーの特集だ。しかも、進学高に通う美少女が興味を持つとは思えないような、非常に過激な下着が紹介されている。

モデルは、たった一人の女性。

記事のリードによると、このモデルは下着を自分で制作し、自分の会社で販売しているのだという。つまりモデルは女社長であり、自分の〝商品〟を自分自身が身にまとって雑誌の誌面に登場しているのだ。

堂々と写真を撮られるだけあり、プロポーションは素晴らしい。

だから、相当に過激なランジェリーも難なく着こなしている。ほとんど裸ではないかと思うようなものでも下品にならず、セクシーさと美しさを表現している。

「とっても、綺麗……」

少女が呟くと、頬に赤みが差した。

「こんな下着を、私も……。で、でも、やっぱり、私なんて……」

瞳を閉じた女子高生は、いやいや、とでも言うように、首を左右に振る。

弾みでパジャマのバストが、かすかではあるものの、ゆさゆさ、と揺れる。すると少女の頬は更に赤くなった。

「ぅ……」

ぴくん、と身体を震わせ、少女は小さな声を漏らす。

突然、清楚な美少女の身体から、濃密な〝空気〟が漂いだした。ピュアなキャラクターには全く似合わない、非常にセクシーなものだ。しかし、だからこそ、男なら誰でも興奮させられる。

女子高生は、もじもじ、と太ももをすりあわせた。

「ぁっ……」

漏れた声は、極めて小さなものではあったが、確かに吐息だった。

美少女は明かりを消す。そして、真っ白な手を、股間に向けた。一瞬の躊躇があったものの、指先が脚の間に当たる。

「はああっ……。あ、あああっ……」

何と女子高生は、オナニーを始めた。

パンティどころか、パジャマのズボンさえも脱がず、ただクリトリスを圧迫するという単純で幼い自慰だが、快感に溺れているのは間違いない。

お嬢さまで、清楚で、成績も抜群な美少女のクリトリスいじり――。

「ああっ、あああっ、はああっ、いやあっ、あああああっ……」

あえぎ声は、どんどんひっきりなしに漏れるようになっていく。

美少女の頭の中は、雑誌の中で女社長が着ていたランジェリーを、自らが身にまとっている妄想で埋め尽くされている。

淫らな一人遊びだが、男性が登場することはない。少女は処女だし、まだ男性に恋したことがなかった。

ある意味では、とてもナルシスティックなオナニーともいえる。

自分が大胆な下着を身にまとう、というシチュエーションだけで興奮してしまうのだ。過激なランジェリーを妄想するということだけで、何かいけないことをしているような気がする。それにオナニーが加われば、罪悪感は何倍にも増す。

「はあっ、あああっ、い、イキそう……。ああっ、も、もうだめ……」

美少女のあえぎ声は、切なさを増してきた。

すると清楚な女子高生は、パジャマのズボンを圧迫する右手の動きを更に激しくする。指を使ってクリトリスの皮をむき、突起を勃起させて人さし指でぐり、ぐり、とこねくり回す。そのたびに「あっ、あああっ」と、可憐ではあるが、やはり卑猥な声が漏れて寝室に小さく響く。

これだけでも、相当に美少女が淫らなのは明らかだが、更に彼女は空いた左手を乳房へ持っていく。

そして、親指と人さし指で、乳首を思いっきりつねった。もちろんブラとパジャマの上からだが、相当に膨れあがっていたようだ。

「はああっ！　い、イクっ！　い、い、イクぅぅぅぅ！」

四肢を震わせて、美少女は達した。

しばらくの間は、ぴくっ、ぴくっ、と身体を痙攣させていた。そして、つぶったままの瞳から、一滴の涙をこぼした。やはり優等生にとって、オナニーは罪悪なのだろう。自己嫌悪で泣いてしまったのだ。

「わ、若松《わかまつ》……雅也《まさや》、くん……」

少女は涙声で、男性の名前を呼んだ。

〝くん付け〟ということは、同い年か、年下なのだろうか。恋人か、片想いをしている少年を思い浮かべたような状況だが、女子高生の声音に、そうした印象は乏しい。泣いているため語尾が震えていることは大きいが、名を呼ぶことに戸惑っているような雰囲気がある。自分が異性の名前を口にするなど、信じられないという気持ちが伝わってくる。

女子高生は寝返りを打つと、枕に顔を埋めた。

すぐに美少女は眠りについた。表情が、あどけないものに変わる。すやすやと寝息を立てる姿は、幼さの印象が強い。

だから少女は、自分の部屋のドアが、ほんの少しだけ開けられていたことなど、全く気づいていなかった。

ほんの数センチ開けられたドアからは、二つの瞳が美少女を見つめていた。

「本当に、可愛いんだから……」

呟いた声は、女性のものだった。声はかすれていて、その女性も興奮しているのは明らかだった。

覗きに熱中していた女性は、だが表情を引き締めると、首を傾げた。

「若松雅也くんって、あの、若松さんの……？」

女性の顔から、どんどん興奮の色が消えていく。そして、しばらくすると美少女とは対照的な、非常にセクシーな唇が動いた。

「何かできることが、あるんじゃないかな？」

自問自答した女性は、更に思考に没頭していく。

第一章　過激ブラ女子大生のセクシーすぎる手コキ

自転車で校内に入ると、胃が痛くなった。

（まだ緊張してる。情けないな……）

顔をしかめる若松雅也は、十五歳の高校一年生だ。

四月から新入生として、とある地方都市の公立高校に通っている。地域ナンバーワンの名門高であり伝統高だ。男子生徒は学ラン、女子はセーフー服に身を包んでいる。制服を改造する者など誰もいない。

自転車をクラス指定の駐輪場に向けると、二人の男子生徒が目に入った。クラスメイトだ。挨拶をしなければならない、と思うと、途端に胃が悲鳴をあげた。

雅也は内気な性格で、極度の人見知りだ。

幼い頃から学校が苦手だったが、さすがに高校生になったのだから、そんな自分を変えたいと思っている。だが、なかなかうまくいかない。

ところが、二人の同級生は、全く雅也のことなど気づいていなかった。

彼らの視線は全く別の方を向いている。自然と雅也の両目がそれを追うと、飛びきり清楚な、桁違いの美少女が自転車を漕いでいる姿を捉えた。

（う、うわっ！　ものすごく綺麗な先輩だ！）

雅也はブレーキをかけ、口をぽかんと開けて見とれた。

「加奈子《かなこ》、おはよう！」

美少女に向かって、別の少女たちが朝の挨拶をする。

光り輝くような微笑を浮かべている女子高生は、「おはよう！」と挨拶を返す。その声は凜としていながらも柔らかさがあり、まさに清純派にふさわしい。その素晴らしさは、雅也の全身に鳥肌が立つほどの感動を与えた。

駐輪場の位置を考えると、どうやら三年生らしい。

黒髪のストレートロングは光り輝き、瞳は優等生らしく澄みきっている。そして何より、セーラー服が本当に似合っている。

クラシックな制服は濃紺の上下。

個性的なのは襟とスカーフが純白、ということぐらいだろうか。白地の襟には逆に細い紺色のラインが描かれている。

プリーツスカートから伸びるのは、細すぎず、太すぎない、若々しさに満ちた脚。ふくらはぎを包むのは、やはり純白のハイソックス。そして黒のローファー。

美少女がペダルを漕げば、美脚が回転し、セーラー服のスカートが揺れる。もちろんミニではないから、太ももさえも見えない。しかし、それでも雅也の心臓は、どきん、と跳ねてしまう。

十五歳の少年は、自然と視線を先輩である女子高生の胸元へ向けた。

自転車が前に進めば、動くのはスカートだけではない。制服に包まれたバストも、もちろん控えめではあるが、やはり確実に揺れる。

（あ、あれが、正真正銘の〝美乳〟なんだ……！）

優等生ばかりの進学高。その生徒の一人である飛びきりの美少女。そんな女子高生に「セクシー」という単語は似合わない。そんな言葉を思い浮かべただけで、少女を冒涜してしまうような気持ちになってしまう。

だが、健康的なエロティシズムに満ちているのは事実だ。

実のところ、スカートの露出度は低いし、胸もさほど膨らんだり、揺れたりしているわけではない。何より美貌に心を震わせているのは間違いないだろう。

とはいうものの、清楚な美少女だからこそ、ほんの少しの〝刺激〟でも威力が増加してしまう。真っ白な指を見ただけでも興奮してしまう。

駐輪場のクラスメイトたちは「あれが三年生の加奈子先輩たよ」「さすが全国ナンバーワンの美少女だよなあ」と感動している。

雅也は（誰が全国ナンバーワンって調査したんだ）と心の中でツッコミながらも、全国のどんな高校にも、これほど美しい先輩はいないだろうと同意してしまった。

「どうせ、彼氏がいるんだろ？」

「何だ、お前知らないのかよ。先輩は〝男嫌いの加奈子〟って有名なんだぞ。男子生徒にはすげえ冷たいらしい」

クラスメイトは会話に夢中になっていて、勢い声のボリュームが上がる。聞き耳を立てていなくても、美少女の〝個人情報〟が飛びこんでくる。

不思議な安心感が、雅也の胸に拡がる。

もし三年生の美少女に彼氏がいれば、その男があまりにもうらやましく、嫉妬で胸をかきむしっただろう。だが、クラスメイトの話が事実だとすれば、加奈子という女子高生は異性が苦手らしい。つまり全国一の美少女は、みんなのもの、なのだ。

（でも、僕が先輩の男嫌いを直して、僕が先輩の彼氏になったりして……）

思わず、そんなことを考えてしまい、雅也は自分に呆れた。

十五歳の少年は非常に大人しい。人見知りが強く、性格は内向的。成績も中学なら抜群だったが、天才と秀才がひしめく進学高では平凡な生徒の一人に過ぎない。運動音痴だからスポーツも駄目だし、音楽や芸術の才能があるわけでもない。

（そんな僕が、あんな先輩とつきあえるはずがない。いや、これからの一年間、口をきくこともないはずだ……）

三年生の美少女は、まさに別世界の住民だった。

雅也は視線を動かし、美少女に夢中になっている同級生たちを見た。彼らと友達になれない自分に恋人ができるはずもない。彼女を作るなんてのは百年早く、何よりもコミュニケーション能力を普通の人に近づけるのが目下の大問題だ――。

落ち込んでしまった雅也は、目立たないように自転車のスタンドを立てて施錠すると、クラスメイトから逃げるように校舎へ向かった。

それからの雅也は、誰とも喋らない。一人で授業を受け、一人で弁当を食べる。全く孤独な状態で放課後を迎えた。

雅也は再び自転車に乗り、学校を出た。

やはり、独りぼっちだ。ひたすらペダルを漕ぎ、住宅街の裏道を抜ける。自分に友達がいないという想いは、胸の奥でずきずきと疼いている。気持ちは暗くなり、自分の殻に閉じこもるような精神状態になった。

すると突然、雅也の耳に「しゃーっ！」という鋭い音が飛びこんだ。

びくっ、と身体を震わせた瞬間、「わ、若松くん！」という切羽詰まった声も聞こえてきた。

（な……なんだ⁉）

雅也は、反射的に振り向いた。

すると視界が、セーラー服を捉えた。それも雅也が通っている高校の、あのクラシックな制服だ。ええっ、と雅也は驚いた。優等生ばかりの学校の、しかも女子生徒が、狂ったように自転車を飛ばしている。

（そ、それに、あれは加奈子先輩じゃないか！）

目を大きく開きながら、雅也は心の底から驚いた。

清楚な美少女が猛スピードで自転車を漕いでいる光景も信じられないが、何と三年生の女子高生が自分の名前を呼んだのだ。つまりは雅也のことを追いかけてきているのは明らかだった。

なぜ、あんな高嶺の花の女子高生が、僕のことを――。

全身が硬直していると、ふわりと風圧が襲いかかってきた。どうやら加奈子は、雅也の脇を追い抜こうとしているらしい。

たちまち雅也の両目には、美少女の背中しか見えなくなった。

美貌は消えてしまったものの、代わりにサドルに乗るヒップに心を奪われた。先輩のお尻って、どれぐらい柔らかいんだろう――そんな考えが頭をよぎった瞬間、いきなり〝暴走自転車〟が止まった。

（うわわっ、わああっ！）

このままでは女子高生の自転車に衝突してしまう。雅也は反射的に目を閉じ、手でハンドルを握りしめて急ブレーキをかけた。

ぎぎぎぎぎ――――――っ！

身体を縮めて、ショックに備えた。だが、どこも痛くない――ということは、ぶつからなかったということだ。さすがに気弱な雅也でも、反射的に抗議しようと思った。きっ、と顔を上げる。

ところが美少女は、雅也が予想もしていなかった表情を浮かべていた。

先輩の女子高生は「はぁ、はぁ……」と呼吸が荒い。あれだけ自転車を飛ばしていたのだから当然なのだが、激しい運動のため顔が真っ赤だ。

途端に雅也の心臓が、どきっ、と跳ねる。

たちまち怒りの感情など消し飛んでしまった。美少女の吐息と紅潮は、かなり色っぽい。視線は自然と、若々しい肢体に向かう。

今は四月だから誕生日を迎えた可能性は低い。多分、十七歳のはずだ。ルックスと同じように、シャープという言葉が浮かぶボディライン。細い腰、極めて長い手足は本当にインパクトに満ちている。

（そ、そして、先輩の、おっぱいが……！）

朝に心を奪われた美乳は、遠くから見ているだけだった。だが現在、雅也のすぐ側にセーラー服の胸元がある。

はあ、はあ、と女子高生が呼吸をするたびに、かすかに上下する。

ときめきに心を震わせていると、加奈子が話しかけてきた。

「……若松くん？」

ずっと身体に見惚れていた雅也は、美少女の小さな声で我に返った。反射的に「は、はい！」と返事をしたが、その声はかなり上ずってしまっていた。

一体、自分に何の用だろう。

相手は今朝、初めて存在を知ったばかりの、それも先輩だ。

接点は全くない。なのに、向こうは自分が「若松雅也」であることを知っていて、帰宅する自分を猛スピードで追ってきたのだ。

裏道だから周囲に人の気配はない。雅也は加奈子と二人きりで向かい合っている。全く信じられない状況に頭がくらくらしてくる。

「若松くんって、あの若松玲子《れいこ》さんの息子さんだよね？」

美少女は思い詰めたような表情で問いかけてきた。激しい緊張がセーラー服から発散されている。雅也は「そうですけれど」と答えるのが精一杯だった。

「あのね、若松くん……」

「はい……？」

「あ、あのね、お母さんに、そ、その、会わせて、もらえない、かな……。ううん、こんな言い方じゃ駄目だよね。お、お願いします。若松くんのお母さんに、どうか会わせて下さい！」

最初は震える声だったのに、途中からは逆にすごい勢いで一気に喋ると、加奈子は雅也に向かって、ぺこり、と頭を下げた。

すると、自然に美少女のセーラー服は胸元が垂れ下がっていく。

何とブラジャーの肩紐と、カップの縁が姿を現してしまった。色は白。清純派のイメージ通りの純白だ。何の飾りもついていない、とてもシンプルな下着。

雅也は「うわあ！」と悲鳴を張りあげてしまった。途端に加奈子の表情が曇る。

「だ、駄目なのかな……。やっぱり、今日会ったばかりで、しかもただの女子高生が、お母さんのような素晴らしいデザイナーに会いたいって、失礼なことなんだよね……」

身体を元に戻した加奈子の瞳には、うっすらと涙がたまっている。雅也はパニック状態に陥った。完全に誤解されてしまっている。

「い、いえ、そういうわけではないんですけど、あ、あの、その……」

何もかも説明が難しいことばかりだ。

雅也の母親である玲子は、ランジェリーデザイナーをしている。

しかも作品は過激な下着ばかりで、スタイル抜群の美女だから、自らがモデルになることも多い。女性誌やテレビ出演も多く、「セクシーランジェリー界のカリスマ」

などと呼ばれることもある。

（それにしても加奈子先輩、よく僕のことを知っているな……）

母親のファンは多いが、一人息子がいる、ということまで把握している者は少ない。

それは考えてみれば当然で、玲子の家族構成に興味を示すマスコミは少ない。

聞かれれば隠さずに答えているようで、雅也のことを簡単に触れた雑誌などもある。

だが、数は極めて少なく、だから加奈子が雅也の母親について並々ならぬ関心を抱いていることはすぐに分かった。

雅也は、どうやって答えるべきか、相当に悩んだ。

目の前にいる女子高生は、相当な知識の持ち主だ。嘘をついてもばれてしまうだろうが、本音を隠さずに問いかければ、こんな感じになる。

「加奈子先輩は、うちの母親とは正反対のタイプですよ。実際、つけていらっしゃるブラジャーは白じゃないですか。母親がデザインする下着で純白なんて見たことがありません。黒とか赤とか紫とか、そんなんばっかです。どうして、母親のランジェリーに興味があるんですか？」

こんなこと、言えるはずがない。

（あ、明日から学校に行けなくなっちゃうよ！）

たちまち全校中に「今年の一年生には変態がいるらしい」と噂が駆け巡ってしまう

だろう。

だが、何かを言わなければならない。黙っているのは極めて失礼だし、極度に緊張しているのか、加奈子の瞳には涙がたまっている。

(し、しまった、手遅れだ!)

雅也が躊躇していると、加奈子がぽろりと涙をこぼしてしまった。

「サインが欲しいとか、そんなことじゃないの。私、お母様のランジェリーに憧れていて、自分でデザインしたものを見てほしいって思って……。来年は大学受験だから、色々迷っていて、それで……」

美少女が何を言ったのか、雅也はきちんと理解していた。

しかし、頭で分かることと、ハートで感じることは別だ。頭の中は真っ白になり、加奈子の発言をきちんと認識するには数秒ほどの時間が必要だった。

「え、ええええっ! えええええ――――っ!」

やっとのことで思考が復活すると、雅也はキャラクターに似合わない大声で、悲鳴を張りあげてしまっていた。

雅也は帰宅すると学生服を着替え、夜になると食事をとった。

家には誰もいない。十五歳の少年は母子家庭の一人息子だ。父親は物心つく前に交通事故で死亡してしまった。それ以来、玲子は再婚せず、ひたすらデザイナーの道を歩み続け、とうとう社長にまでなった。

母親の帰宅は、いつも遅い。

雅也は食器を自動食器洗い機に入れ、自室に入った。真面目な雅也は、いつもなら予習と復習を始めるのだが、今夜は勉強に全く手がつかない。

(加奈子先輩、素敵だったな……)

遠くから姿を眺めるだけでも鳥肌が立ったのに、間近で会話をしたのだから感激しないはずがない。心臓の鼓動は激しくなる一方だ。

完璧な美少女と自分が全く釣り合わないことはよく分かっている。それでも、どきどきしてしまう。どうやら雲の上に住む先輩の女子高生に、一途な憧れを抱いてしまったのは間違いなさそうだ。

雅也は、自然に目をつぶる。

たちまち、脳裏に加奈子の制服姿が浮かぶ。とてもリアルな光景で、女子高生の身体からは芳香が漂ってきそうだ。

(え……!? あ、あああっ、そんな!)

身体に変化が生じ、雅也は狼狽した。

ジーンズの股間が、ものすごく熱くなっている。血が一気に集中し、ペニスに力が漲り始めたのだ。

（あんな清純そうな先輩に……。な、何を考えているんだ！）

自分を叱りつけるが、肉棒の勢いは止まらない。

それどころか、頭で思い描いている加奈子の姿に変化が生じてくる。どんどんセーラー服が透けていき、中の下着が見えてくるのだ。

（うわあっ、あああああっ！）

妄想に登場したランジェリーは、雅也の母親がデザインした新作。

色は妖艶なワインレッド。バラがモチーフに使われていて、肩紐は繊細なレースで作られた蔦が絡まるようになっている。

サイズはCカップ。

雅也は実のところ〝おっぱい星人〟なところがある。内気で大人しい性格だが、ちゃんと性欲はある。いや、ひょっとすると同級生よりも旺盛な方かもしれない。

休日でも独りぼっちの時があるから、そうすると一日に三回ぐらいはオナニーをしてしまう。自室のパソコンでネットにアクセスし、主にグラビアアイドルの巨乳画像を見ながら射精をする。

（いつもあんなだから加奈子先輩のランジェリー姿を想像しちゃったんだろうけど、こんなの、やっぱり失礼だよ！）

心の中で良心が悲鳴を上げる。だが雅也は妄想を止めることができない。それどころか、いよいよパンティを穿いた姿も脳裏に作りだしてしまう。

（……！）

雅也の視界に、美少女の下半身が飛びこんできた。

パンティは何とハイレグだった。しかも十七歳の美少女が身体を半転させると、Tバックだということが分かった。

（う、うわあああっ、加奈子先輩！）

ワインレッドの生地は、ただの〝直線〟となって、ヒップの谷間をわずかに覆っているに過ぎない。後は何も隠されていない。

まさに、Tバック女子高生――。

十五歳の男子高校生のジーンズの股間は、もう膨らみきっていた。興奮よりは陶酔感が強く、雅也はオナニーをしようともせず、ただ四肢を震わせていた。

妄想の世界に没頭していた雅也は、だが次の瞬間、我に返った。ぴんぽーん、と玄関のチャイムが鳴ったのだ。

（うわあっ、ま、ママだ、ママが帰ってきたんだ！）

雅也は真っ青になり、まず勃起の状態を確認した。だが、ブルーデニムのチャック部分は真っ平らになっている。一気に縮んだらしい。

安堵の吐息を漏らした雅也は、急いで玄関に向かう。

「おかえりなさい、ママ」

「ただいま、雅ちゃん」

雅也が三和土《たたき》に立つと、母親はハイヒールを脱ごうとしていた。

（ああ、こうして見ると、やっぱりママって綺麗なんだな……）

いつもは、そんなことを考えたこともない。

それが今夜改めて感嘆してしまったのは、やはり加奈子の存在が大きいだろう。先輩の美少女と、自分の母親を較べてしまったのだ。

若松玲子、三十五歳。

真っ先に気づくのは、やはり玲子が成熟しているということだ。しかも、全身から醸しだされるフェロモンが桁違いだ。

玄関に立っている玲子は、紺のスーツを見事に着こなしている。

身体のラインが強調されたデザインで、特にスカートはタイトミニだ。細い銀のラインが入っているのもシャープでクールだ。

だが何より、母親のプロポーションが素晴らしい。

胸元は大きく膨らんでいるし、スカートから伸びる太ももは抜群の質感だ。肌と同じ色のストッキングに包まれた、むちむちとした肉付きは、もし雅也が息子でなければ、それだけで興奮してしまうだろう。

妖艶な三十五歳の美女と、十七歳の清純派美少女——二人が全身からオーラを発散しているのは一緒だが、雰囲気は全くの好対照だ。

雅也は夢中で母親と先輩を比較していたが、その思考が突然に断ち切られた。

いきなり玲子が、高々と脚を上げたのだ。

ハイヒールのストラップが外れないためらしい。あっという間に太ももが地面に対して水平になった。そして、ミニスカートが思いっきりめくれる。

セクシーな母親のパンチラ——。

「ごめんね、雅ちゃん。もうちょっとだけ、待ってね」

「う、ううん、だ、大丈夫だよ」

返事をする雅也の声は上ずっている。

(もし加奈子先輩が、こんなにセクシーな下着を身につけたら……。ああ、すごく綺麗で、興奮しちゃうだろうなあ)

雅也の妄想が膨らむうちに、やっと玲子が靴を脱いだ。

「いつも帰りが遅くて、本当にごめんね、雅ちゃん」

にっこり笑って、玲子は家の中へ進んでいく。

「仕事が忙しいんだから仕方ないよ。それにもう僕は子供じゃないし」

十五歳なのだから、雅也はまだ子供だ。

しかし、だからこそ背伸びをしたくてたまらない年頃だともいえる。いつもなら、簡単な会話をして、雅也が自室に帰るのも、「母離れ」したくてたまらないからだが、今夜はそういうわけにもいかない。

後ろをついて歩くうちに、雅也は母親の寝室に足を踏み入れていた。

(あ、これは、子供の時に……)

何年ぶりのことか自分でも分からない。

寝室はベッドとクローゼットだけというシンプルなもの。しかし、バランスの良さが母親のセンスを物語る。さすがにデザイナーだと感心していると、玲子がくるりと身体を回転させた。優しそうな笑顔が雅也の視界いっぱいに拡がる。

「さては雅ちゃん、何かママに頼みがあるんでしょ？」

母親だけあり、息子の気持ちなどお見通しらしい。雅也は少し頬を赤らめたが、話は早いので一気に説明することにした。

加奈子のことを伝えると、玲子は頷きながら耳を傾けてくれた。そして雅也の話が終わると、間髪を容れずに「協力してあげるわ」と即答してくれた。

「ママ、本当に⁉」

「ええ。もちろんよ」

雅也は何よりも、ほっとした。

「ママも新人の頃は、たくさんの先輩に助けてもらったわ。こういうのって、きっと代々、受け継がれていくものなのね」

「ありがとう、ママ！　本当に、本当に、ありがとう！」

玲子はスーツのジャケットを脱ぎながら、「その先輩さんは何年生なの？」と訊く。

雅也は「三年生だよ」と答える。

「じゃあ、大学受験の関係もあるから、迷っているのかな？」

独り言のように呟く玲子を見て、雅也はもう自分の役目は果たしたと思った。「本当にありがとう」と礼を言うと、母親の寝室から出ようとした。

「あ、雅ちゃん」

声をかけられて、雅也は動きを止めた。顔だけを動かして振り向く。

「なに、ママ？」

「雅ちゃん、その先輩のこと好きでしょ？」

母親のいきなりの発言。そのインパクトは凄まじかった。

雅也は目を丸く開き、しばらくはぽかーんと口を開けていた。だが、次第に発言の内容を把握するにつれて身体がぶるぶると震えだし、最後は「えええええっ！」と叫んでしまっていた。

そんな息子を見て、玲子は微笑する。

「やっぱり、ママの勘は当たるわね」

「ちっ、違うよ、ぼ、僕は、困っている先輩を助けようとして、それで、それで！」

「あら、反論になっていないわよ。好きな人が困っていれば、余計に助けようとするのが自然な気持ちでしょ？」

「だ、だって、加奈子先輩は、すごく綺麗で、一生懸命で、あんなに素敵な人を好きになるわけがないよ！」

雅也は反論するだけで精一杯だったため、自分自身の発言であるにもかかわらず、何を口走ったのか理解していなかった。

ただ、目の前で母親が、あっけにとられたことだけは理解した。

玲子は頭の中で息子の言葉を反芻し、それから「雅ちゃんったら」と笑いだした。明るく、華やかな笑い声が寝室にこだまする。

「ど、どうして、僕のことを笑うの⁉」

雅也が必死に問いかけると、玲子は「だって、だって」と笑いを堪えながら、目に浮かんだ涙を指で拭いながら言う。

「それって、人が人を好きになる理由じゃない」

母親の指摘に、雅也の顔は真っ赤になった。それを見た玲子は、「ほーら」と勝ち誇ったような表情を浮かべる。

「雅ちゃん、自分の気持ちに、素直になりなさい」

今の息子にとって、的確なアドバイスを与える姿は、さすがに母親だが、玲子の指はブラウスのボタンに伸びている。

「ちょ、ちょっと、ママ！」

そのことに気づいた雅也は、急いで抗議はしてみたものの、母親の動作が止まることはなかった。

（ま、ママの身体、やっぱり綺麗だ……あわわ！　何を考えているんだ！）

雅也が見とれてしまったのも無理はない。ブラウスがはだけていくうちに、すべすべで真っ白の素肌が現れたのだ。

やはり若々しさでは加奈子に軍配が上がる。十七歳の素肌は張りが抜群で、それこそ水滴を弾いてしまいそうな勢いがあった。

しかし玲子の素肌には、艶がある。そうとしか表現しようのない色気なのだ。フェロモンが肌にコーティングされているのではないかとさえ思う。

雅也が目を見開くうちに、何と玲子の上半身はブラジャーだけになった。

「ママったら、僕がそばにいるのに！」

悲鳴をあげ、それからやっとのことで、母親に背を向けた。

だが、全てはあまりにも遅すぎた。雅也の脳裏には、母親のブラがしっかりと刻み込まれてしまった。

（あれは、僕が妄想してしまった下着と同じラインナップのものじゃないか！）

見えたのはバラをモチーフとしたシリーズで、色もワインレッドだ。しかし、カップと過激度が、全く違う。

雅也は玲子のブラサイズは知っている。九十八のGカップだ。

おっぱい星人である雅也は、正真正銘の巨乳、それも最高レベルの美巨乳を目の当たりにしてしまったのだ。自分の母親でなければ、絶対に興奮していただろう。

おまけにカップは、雅也が妄想で描いたものより浅い。乳房を三分の一ぐらいしか隠していない。だから胸の谷間もはっきりと姿を見せていた。

これだけでもたまらないのに、何とブラのカップはシースルーだった。

つまり、カップのカッティングにかかわらず、結局は乳房が丸見えになってしまうデザインなのだ。

ならば切れ目など意味がない、と考えるのは早計だ。玲子の狙いは肌の真っ白な部分と、ワインレッドに染まった部分を対比させることなのだ。もちろん、その効果は抜群だった。

もちろん乳首と乳輪は隠されている。

肩紐から伸びる蔦とバラの花弁が、ぎりぎりでバストの中心部だけを覆っている。男なら誰でも見えないところを空想するだろう。それが激しい興奮を生むということは童貞の雅也でも簡単に理解できる。

（ああ、もし加奈子先輩が、あんなに過激なランジェリーに憧れていたとしたら、僕はどうすればいいんだ！）

雅也の四肢が震えた。

十七歳の美少女は清楚なキャラクターだし、実際につけていたブラは純白だった。だから自由自在にイメージを描ける妄想の世界であっても、玲子の作品では比較的大人しめのランジェリーを着せたのだ。

だが、加奈子は玲子に憧れている。

さすがに学校では、普通のランジェリーを身にまとうしかないだろう。体育の時間に着替える必要もあるはずだ。しかしながら、自宅だとどうなのだろうか——ひょっとすると、純白の下着を脱ぎ捨て、ワインレッドのランジェリーに着替えるのかもしれない。

（そうだよ、加奈子先輩が憧れているだけでなく、本当に買った可能性だって、ぜ、ゼロじゃないはずだ！）

頭の中で強烈な思考がぐるぐると回り、とうとう雅也のペニスは完全に勃起してしまった。今まで我慢していた分を取り返すような勢いでそそり立ち、ジーンズを突き破りそうな勢いだ。

唇を噛みしめていると、玲子が「雅ちゃん」と話しかけてきた。

「とても恥ずかしがって、どうしちゃったの？　ママがこうして服を脱ぐのは、いつものことじゃない。雅ちゃんは子供の頃、ママの下着が大好きだったのよ。それが創作の原動力にもなったんだから」

「そんな昔のこと、覚えてないよ！　と、とにかく、何時にママの会社に行けばいいか、教えてよ！」

雅也は泣き叫ぶように言った。比喩ではなく、本当に悲鳴をあげてしまっていた。

だが必死に抗議しても、玲子は全く取り合わない。それどころか、雅也の背後からはチャックを下ろす音が聞こえてきた。タイトミニのスカートを脱ごうとしているのだろう。

確かに、これは「いつものこと」なのだ。いや、だった、と言うべきだろうか。

最近の玲子は本当に忙しそうだ。だから帰宅はいつも遅い。しかし雅也が小学校を卒業するぐらいまでは、夕方に帰ってくることも珍しくなかった。

そんな時、玲子はいつも服を脱いでしまう。理由は「デザインしたランジェリーのテスト」というものだった。下着しか身につけていない格好で家事を行うのだが、T

バックやガーターベルトは当たり前という世界だ。

中学生になってからは、雅也は自室で勉強するようになった。おまけに玲子の帰宅も遅くなり、最近はスーツ姿しか見ていない。母親が〝裸族〟ならぬ〝自宅下着族〟であることをすっかり忘れていた。

雅也は、しっかりと目を閉じた。

ペニスが勃起してしまった以上、一刻も早く母親の寝室から飛びだしたい。下手に会話が続いてしまうことが何よりも恐ろしかった。これからの展開を必死になって待ち受けているうちに、玲子の「うふふ」という優しい声が耳に届いた。

「ごめんね、雅ちゃん。どんどん大人になっているんだよね。だから真面目に返事をしないといけなかったわ……。明日もママは忙しいの。だから学校が終わったら、加奈子さんと一緒に本社へ来てくれる？」

これで必要な会話は、全て終わった。

雅也は大声で「ありがとう！」と叫ぶと、母親の寝室を飛びだした。廊下を走り抜け、自室に戻っても、まだ胸はどきどきしている。

理由は、これから雅也が加奈子にメールを送る必要があるからだ。

そのために異常なほど緊張している。だが、急がなければどんどん夜が更けてしまう。加奈子は「いつでもいいから」とは言ってくれているが、遅いとやはり失礼になってしまうだろう。

雅也は携帯を取り出し、震える指で操作を開始した。

(あんなに綺麗な先輩と、プライベートで連絡を取るんだ……)

別に告白のメールを送るわけではない。それでも平静ではいられない。雅也は慎重さを心がけながら「もう寝ていたら申し訳ありません」という丁寧な書きだしで新規メールを作成していく。

送信が完了すると、すぐに胃が痛くなった。

あんな文面でよかったのだろうかという不安が強い。だが、そのくせ送信したメールをチェックすることもできない。ひたすらに恐怖に怯えながら、じっとしていた。

ところが、すぐにメールの着信音が室内に響いた。

(う、うわあああっ！　こ、これは、ひょっとして！)

雅也は夢中で携帯を操作する。予想通り、加奈子からのメールだった。緊張が一気にほぐれた上、激しい歓喜が全身を貫いた。「本当にありがとう！」という件名を目で追うと、頭がショートしてしまった。母親以外の女性からメールを受け取るのは初めてのことだったのだが、そんなことに気づかないほど動転していた。

最後のくだりだけは、きちんと読むことができた。

「明日は、私が自作したランジェリーを学校に持参するから、放課後にはお母様の会社に持っていけます。本当にありがとう。返信は結構です。おやすみなさい」

雅也は何度も何度も読み返していたが、急に睡魔が襲いかかり、そのまま床で寝てしまった。あれだけ激しく勃起したのに、オナニーすらしなかった。安堵の気持ちが、それほど強かったのだ。


翌日の放課後、雅也は都内のオフィス街を歩いていた。

眠りは相当に深かったようで、体力的には何の問題もない。だが、やはり緊張が凄まじい。相変わらず、胃がきりきりと痛んでいる。

周囲の光景は、驚くほど美しい。

春はまだ終わっていない。空は完璧に澄み渡っていて、雲一つない青空に向かって高層ビルが伸びている姿は、まさに大都会の魅力だ。

おまけに雅也の真横には、加奈子がいる。

もちろん母親の会社に向かっているのだ。雅也だけでなく加奈子の全身からも激しい緊張感が放射されていて、とてもではないが〝デート〟という雰囲気からはほど遠い。大体、駅で加奈子と待ち合わせをしてから一言も口をきいていないのだ。

(それに、何だか周りの人たちの視線が気になっちゃうよ……)

雅也は目立たないように手で胃を押さえながら、心の中で呟いた。

自分たちは学生服とセーラー服を着ている。それだけでもオフィス街では相当に浮いてしまっている。

しかも、特に男性サラリーマンが、不思議そうな表情で雅也だけを見ているような気がして仕方がない。彼らの目は「お前のように平凡な高校生が、なんでこんな美少女と一緒にいるんだ⁉」と詰問しているように思える。

頭がおかしくなってしまうのではないかと思っていると、いきなり加奈子が「若松くん」と話しかけてきた。雅也は「はい！」と返事をするが、当然ながら声のトーンは相当に高い。

周囲は驚いたようで、たちまち無数の視線が浴びせかけられた。

雅也も加奈子も顔を真っ赤にして俯く。十五歳の男子高校生にとっては非常に恥ずかしい状況というだけでなく、憧れの先輩に恥をかかせてしまったという罪の意識にも苛まされる。

（ごめんなさい、加奈子先輩……。本当に、すいません！）

泣きだしそうになっていると、美少女がか細い声で言った。

「謝らなければならないのは、私の方だと思う」

「え、ええっ、なんで先輩が⁉」

雅也の言葉には二つの意味がある。一つは文字通り「なぜ先輩が謝るのか」だが、もう一つは自分が心の中で「ごめんなさい」と謝ったのを見破ったことに対する疑問だった。

三年生の美少女と、一年生の内気な少年は、確実に心を通じ合わせつつあるのだが、どちらもそのことには気づいていない。

女子高生はただ、前者の質問に対してだけ答える。

「私、すごく緊張しているの。それが若松くんに伝染していると思う」

「い、いえ、気持ちは分かりますから、大丈夫です」

雅也のフォローに、加奈子は「本当⁉」と聞いてくる。

「若松くん、私の気持ち、分かってくれるの？」

「はい、も、もちろんです。尊敬する人に会うんですから、当然だと思います」

「嬉しい……。本当に、ありがとう、若松くん」

「とんでも、と、とんでもない、です」

反射的に雅也は、死んでもいいと思った。

片想いが成就しようがしまいが、そんなことはどうでもいい。憧れの先輩、究極の美少女が自分に対して直接、礼を言ってくれた。

(このことだけで、充分だよ、本当に、充分だ……)

感激に身体を震わせていると、目的地に到着した。

母親の経営する会社は高層ビルの三十階に位置している。広大な一階入口は要所を警備員が見回っている。中に入るのに気後れしてしまうのは、雅也だけではなく、加奈子も同じようだった。

雅也は半ばやけくそになってずんずん進み、エレベーターに乗り込んだ。

三十階に到着し、廊下を歩いてオフィスのドアを開けると、正面は受付になっていた。並んで座っていた二人の女性が、すっ、と立ちあがる。たちまち雅也の心が、どきっ、と反応した。

どちらも飛びきりの美人だ。シンプルな制服を着ている。白いシャツに薄い水色のミニスカート——だが、それだけでなく、いかにもランジェリーメーカーらしい〝サプライズ〟を用意されていた。

白いシャツが、直接的すぎず、かつ、控え目すぎずに、透けているのだ。

だから二人の美人が身につけているブラジャーが浮きあがってしまっていた。右の女性はヴァイオレット、そして左の女性はイエロー。

雅也は思わず息を呑んでしまう。しかし、加奈子が身構えた気配を感じ、すぐに視線を逸らした。

(たとえ片想いでも、他の女性に見惚れるわけにはいかないよ……)

もう雅也は、自分が加奈子のことを好きだという事実を認めていた。気弱で内気な性格だから告白しようなどとは考えていないが、それでも惚れた女性への〝礼儀〟を欠かすわけにはいかない。

「雅也さんですね、社長から伺っております。こちらへどうぞ」

ヴァイオレットの女性が雅也に話しかけてきた。イエローの女性は加奈子へ優美に笑いかける。

受付の女性は二人とも前に出て、雅也と加奈子が後を追う。

十五歳の男子高校生にとっては、視界に紫と黄色のブラベルトが見え、隣には美少女の気配を感じ取るという状況になる。

とても緊張しているが、やはり滅多に味わえないシチュエーションには違いない。少し股間に力が漲ってきて、雅也は自分の性欲が強すぎることに呆れた。昨晩、オナニーしなかったことが原因なのかもしれない。

雅也は、ちらりと加奈子の表情を盗み見た。すると、清楚な美貌は真っ青になってしまっている。

(加奈子先輩は、自分の作品を見せようとしているんだから、その緊張は僕のレベルなんかじゃないんだ。なのに僕はオナニーのことを考えたりして……)

雅也は自分の浅ましさを恥じながら、廊下を進んでいった。

一瞬、ここで加奈子が働いていることを妄想してしまった。加奈子が社長で、雅也が副社長というイメージで、その非現実性に雅也は頭を振って気持ちを切り替える。

「どうぞ、こちらが社長室です」

受付の女性がドアを開けると、来客用ソファーの横に玲子が立っていた。

「あなたが加奈子さんね？」

玲子は雅也を見ようともせず、身体全体を加奈子に向けて挨拶した。雅也の横で、ふわりと風が動き、加奈子が身体を屈めたのが分かった。

「は、初めまして、神崎《かんざき》加奈子といいます。今日は、お忙しいところ、私なんかのために時間を割いて下さって、本当に申し訳ありません」

美少女は母親に向かって、ぺこりとお辞儀をしたのだ。すぐに玲子が「そんなに気を遣わなくても大丈夫よ」とフォローする。

「さあ雅ちゃん、加奈子さんをご案内して差し上げて。男の子でしょ？」

玲子が今度は雅也を見て、悪戯っぽく微笑みながら声をかける。

雅也は急に「雅ちゃん」と呼ばれたことを恥ずかしく感じた。恋する女性の前では、あまりに子供っぽいような気がした。

「か、加奈子先輩、どうか、座って下さい」

震える声と、ぎこちない動作で、雅也は先輩の女子高生をソファーに導いた。

加奈子は目を伏せながら腰かける。どうやら、まともに玲子を見ることすらできないらしい。美少女の動揺は痛々しいほどだったが、だからこそ清楚で硬質な魅力が輝くようにも見えた。

（やっぱり、先輩って、本当に綺麗なんだな……）

こんな状況での感想にはふさわしくないかもしれないが、それが雅也の偽らざる気持ちだった。

雅也と加奈子が並んで座り、その前に玲子がいる。

どうやって会話を切りだしたらいいのか悩んでいたら、急に母親の雰囲気が変わって驚かされた。自宅で見せる妖艶な美しさは保ちながらも、鋭いオーラのようなものが新しく加わった。

（ママは、やっぱり会社の社長なんだ……）

雅也はすぐに、ここは二人の女性に任せるべきなのだと判断した。今、最も売れているランジェリーデザイナーに、若きデザイナーの卵が挑むのだ。

玲子が唇を動かした。

「さっそく、作品を見せてくれる？　加奈子さんの緊張を解くには、それが一番の方法だと思うの」

加奈子は「はい」とかすれる声で答えると、バッグのチャックを開け始めた。

その時、雅也は自分が置かれている状況に気づいた。

（そ、そうだ、僕は、加奈子先輩のデザインしたランジェリーを、今から見ることができるんだ！）

強烈な興奮が、雅也の全身に襲いかかってきた。

ある意味では、加奈子のヌードを見るより興奮するかもしれない。息を詰めて見守るうちに、加奈子はバッグから取りだしたものをテーブルに置く。

（あああっ！　こ、これが、加奈子先輩の下着……あ、あれ？）

最初、雅也は見間違えたのかと思った。

置かれたのはブラジャーだけだ。色は白で、やはり母親のランジェリーに憧れを持っている少女が選ぶものとしては違和感を覚える。

しかも、カップをホールドするベルトが非常に太い。相当に頑丈なワイヤーが使われているようだ。これでは下着というよりボディースーツのようだ。

「補整下着ね」

玲子が問い、雅也が驚いて加奈子に視線を向けると、美少女は「はい」と頷いた。

（ど、どうして、スレンダーな加奈子さんが補整下着を作ったんだ？）

補整下着とは文字通り、女性のプロポーションを〝直す〟ためのものだ。

太いウエストを締めあげたり、垂れたヒップを持ちあげたりするという「プロポーションに自信のない」女性のために販売されることが多い。

「加奈子さんは、どうして補整下着を作ろうと思ったの？」

「私、バストがFカップあるんです」

美少女の回答に、雅也は腰を抜かした。

（え、えええええっ！　だって、だって、加奈子先輩は微乳のはずだ！）

目の前の美少女の胸は、ほどよく膨らんでいる。その光景とFカップという言葉のギャップに、雅也は完全なパニック状態に陥った。

頭がぐるぐると回っていると、玲子が加奈子に問いかける。

「じゃあ、加奈子さんは、補整下着を作るだけじゃなく、実際につけているのね？」

「はい、その通りです」

「Fカップだったら、喜ぶ男性も多いはずよ。どうして隠したりするの？」

「そ、そんな！　Fカップだなんて、とっても困ることだらけです」

「あら、そんなことはないと思うわ。加奈子さんはスレンダーなのにバストは大きいっていう、男性だけじゃなくて、女性も憧れのプロポーションじゃない？」

「私、肩こりがひどいんです。だから、それを何とかしようと思って」

懸命に反論する加奈子に、玲子は「なるほどね」と、とりあえず同意を示す。だが、一拍ほど呼吸を置くと、「でも」と言葉を継ぐ。

「どうして私のところに持ってきたの？　うちは補正下着を作ってないのよ。そういうメーカーに行ってみたらいいじゃない？」

当然の指摘だろう。雅也が再び加奈子の顔を盗み見ると、頬が赤くなっている。

「玲子さんがデザインされるランジェリーの、本当に大ファンなんです。あんなに綺麗な下着はないって思っていて、雑誌を見るたびにいつも、あ、憧れていて、胸がどきどきして……」

加奈子は、玲子のランジェリーに対する思い入れを、夢中で語ろうとする。だが、目の前の女社長は「ごめんなさいね」と女子高生の言葉を遮る。

「答えになっていないわ。そもそも加奈子さんは、私がデザインしたランジェリーをつけたことがあるの？」

美少女は唇を噛みしめる。手も硬く握っている。雅也は、はらはらしながら、会話の成り行きを見守る。

「雑誌を見たり、ショップに行ったりして、素晴らしいデザインだなって憧れているのは本当なんです」

「分かってるわ。加奈子さんが嘘をついているって言ってるんじゃないのよ」

「あ、あの、あんまり、その、セクシーすぎて、自分で着るのは、とっても恥ずかしくて……。で、でも、私のような、バストが大きくて悩んでいる女の人も少なくないから、それで、ひょっとしたらお役に立てるんじゃないかって……」

「自分に必要なことからデザインを作りあげる。それはとても大切なことよ」

言いながら玲子は、加奈子の補整下着を手に取った。

指で様々な場所を素早くチェックする。その動きは、まさにプロのものだ。しかも、とても丁寧に扱っている。

「縫製は、もう今すぐでもプロになれるわね。才能があるし、努力を重ねてきたことが分かるわ。とても良い作品。私も刺激を受けている。確かに、バストが大きい人の悩みを考えてこなかったかもしれない」

玲子は補整下着をテーブルに置くと、真っ直ぐに加奈子を見つめた。

「ねえ、加奈子さんがすべき仕事は、肩こりの悩みも解消できて、しかも、とてもセクシーなブラをデザインすることじゃないのかしら？」

それから玲子は、まさに教え子を諭すような口調で語り続けた。

だとすれば、まずは自分がデザインしたランジェリーを実際につけてほしい。無理をする必要はない。あまりに過激で身につけられないのなら、それは縁がなかったのだ。別にデザイナーの道を諦める必要はない。他の会社なら興味を持つかもしれないし、大学に進んでじっくり考えるという方法もある。

逆に、つけてみて気に入ったのなら、男性がどんな下着を喜ぶのか、もっと考えなければならない――。

真剣に耳を傾けていた加奈子が、呟くように言った。

「男性が喜ぶ、ですか？」

「そうよ。私はデザインする時、それしか考えていないわ。ねえ、加奈子さんは恋をしたことはある？」

いきなりの質問に、加奈子は面食らったようだ。だが、懸命に唇を動かす。

「いいえ、ありません」

「男の友達は？」

「ひ、一人もいません」

玲子の質問は、加奈子にとっては答えづらいものに違いない。だが美少女は何とかして正直に答えようと努力している。その姿は雅也には印象的だったが、どうやら母親も同じ感想を持ったらしい。

「ありがとう、加奈子さん。ちょっとひどい質問をしたこと、許してね」

玲子は頷き、女子高生を励ました。

呼吸をすることすら忘れていた雅也は、静かにため息をついた。

(で、でも、加奈子先輩が男嫌いって噂は、やっぱり本当だったんだ……)

どんどん明らかになっていく美少女の〝素顔〟に思いをはせていると、母親の玲子が「加奈子さん」と呼びかけた。

「もしそうなら、少なくとも私は、ランジェリーを作ることは不可能だと思う。どんなに女性向けのデザインであっても、異性の目を意識していないものは、やっぱり駄目なのよ」

先輩デザイナーの忠告に、美少女は声も出せない。しかし涙で潤んだ瞳を、きちんと相手に向けている。ということは、やはり図星なのだろう。

加奈子が何も返せないのを見て取った玲子は、いきなり立ちあがった。加奈子だけでなく雅也も、反射的に顔を上げた。

「私がデザインするランジェリー、それを本当に大好きなら、これぐらいセクシーなランジェリーをデザインしてみなさい」

玲子は、いきなりジャケットを脱ぎ捨て始めた。

雅也も加奈子も呆然としてしまい、ぽかんと見つめているだけだった。社長室で、いきなり女社長が服を脱ぎだしたのだ。あっという間にブラウスもソファーに放り投げられ、スカートもなくなった。

玲子は下着姿を、誇らしげに二人の高校生に見せつける。信じられない展開だが、現実離れした美しさがあった。加奈子が思わず「綺麗」と呟く。

「三角ブラって、こんなに素敵だったんですね」

「そうよ。このデザインは結構、大変だったんだから」

加奈子と玲子が〝ランジェリー談義〟を始めた。だから雅也も安心して視線を母親に向けることができる。

（なるほど、ブラジャーのカップが三角形をしているってことなんだ……）

目の前にあるのは、大げさな表現をすれば、正三角形ではなく直角三角形。つまり「⊿」という形になっているわけだ。色は華やかなピンクで、こうした可愛らしい印象を与える色を玲子が選ぶのは珍しいが、その狙いはすぐに分かった。

普通のカップはお椀の形をしているが、それが三角形になっているということは、それだけ切れ込みが深いということを意味する。

しかも左右の三角形は「ひも」のようなラインでつながっているだけだ。だから玲子のバストは、谷間が一番下まで丸見えになっている。これだけ大胆だと、どこかでバランスをとらなければならないのだろう。もしブラの色が黒だったなら、あまりにも〝プロ〟な印象を与えてしまうはずだ。

ただでさえ巨乳である玲子のバストは、直角三角形のカップに寄せられる形になっていて、谷間はほれぼれするほど深い。

「ぱ、パンティも、過激だったり、綺麗だったりするだけじゃなくて、どこか可愛いんですね。ああっ、こんなデザイン、絶対に考えつかないです」

加奈子の声に、雅也の心臓が、どきっ、と跳ねる。感嘆しているのは間違いないのだが、ため息や吐息が混ざっていて、とにかく色っぽいのだ。

(ひょ、ひょっとすると、加奈子先輩は、ママのランジェリーで興奮しちゃったりしてるんじゃないのかな⁉)

雅也は加奈子に視線を向けてみると、美少女の瞳は心なしか潤んでいるようだ。そして、夢中で母親のパンティを凝視しているのがはっきりと分かる。

頭に血が昇るのをはっきりと自覚しながら、雅也も玲子の股間を見つめる。

パンティも三角の形になっているが、今度は正三角形が使われている。しかし、その面積は非常に小さく、母親の股間の先端しか隠していない。

ヘアが生えているはずの場所から外側は、何も生地が存在しない。腰の周りを二本のラインが走っているだけだ。

「加奈子さん、腰回りのラインが細いのは、どうしてなのか分かる?」

玲子の問いかけに、加奈子はたちまち真っ赤になった。更に声の震えを激しくしながら「分かります」と答える。

「じ、Gストリングスだからだと、お、思います」

「その通り。よく勉強しているわね。偉いわ」

優美な口調で加奈子を褒めると、玲子はくるりと後ろを向いた。突然、視界に飛びこんできた光景に、雅也は「うわあああ」と叫びそうになった。

（ぱ、パンティが、なくなっちゃった！）

母親が、裸のヒップを突きだしている——そんな風に見えてしまったが、それが勘違いだということはすぐに分かった。だが、目の前に拡がっている光景は、十五歳の高校生にとっては全く信じられないものだった。

確かに形だけなら「T」バックだ。

横棒は腰を回る生地を、縦棒はヒップの谷間を走る生地を表しているのは、よく知っている。だが、ラインの幅が問題だった。

これまで雅也が知っているTバックは、少なくとも数センチの幅を持っていたのだが、今、目の前にあるパンティは単なる「紐」でしかない。ブラのカップをつないでいたものと全く変わらない。

だから「T」の縦棒は、途中から玲子のヒップに埋もれてしまい、姿を消してしまっていた。それほどの細さなのだ。

（も、もし、こんなパンティを、加奈子先輩が穿いたら……！）

雅也にとっては、昨晩からつきまとっている妄想だが、実際のTバックを見ているために気持ちのリアルさは比べものにならない。

全身が熱くなるのがはっきりと伝わってくるうちに、玲子はヒップを突きだしながら、顔だけを動かして雅也と加奈子に向ける。

「ねえ、加奈子さん」

「はい！」

「私はある意味で、男性のためにランジェリーを作っているの。こういう下着に興奮する男性がいるから、女性は買ってくれるの。分かる？」

「あ、あの、頭では分かっているとは思いますけれど、やっぱり……」

「じゃあ、雅ちゃんのオチンチンを見てみたら？」

いきなり自分の名前が飛びだして、雅也は心の底から驚いた。

反射的に「えええええっ！」と叫んでいた。しかも母親は「オチンチン」などという言葉を、こともなげに発音していた。

（ど、どうして、僕のチンポが関係あるんだ……ああああああっ！）

母親の言葉に驚き、雅也は自分の股間に視線を向けた。すると何と、学生服のズボンはしっかりと膨らんでいた。

「ああああっ！　え、えっと、ど、どうして、これは、あの、何かの間違いで、いや、あああっ、うわああああっ！」

雅也は弁解しようとしたが、完全なパニック状態に陥っているため、全く意味の分からないことを叫ぶことしかできなかった。

玲子は息子の混乱を優しい瞳で見つめ、それから微笑して加奈子に話しかける。

「念のために言っておくけど、別に雅ちゃんは変態でも何でもないの。母親である私に欲望を抱いているとか、そういうことじゃないのよ。ランジェリーそのもののセクシーさと、そして、こういう下着を加奈子さんと一緒に見ているっていうシチュエーションに興奮しちゃったの」

そこまで一気に言うと、玲子の微笑に悪戯っぽいニュアンスが加わった。

「それに雅ちゃんは、もしかしたら片想いをしている女の子がいるのかもしれないわ。そうすると、その女の子が、このTバックを身にまとっているところを想像しちゃうでしょうしね」

母親の発言は、フォローしているのか、からかっているのか、全く分からない。

雅也の頭は真っ白になったが、加奈子の表情を確認したいと本能的に動いた。身体全体で向きあおうとすると、美少女の容貌が飛びこんできた。

瞳は大きく開かれ、顔が真っ赤になっている。そして唇が震えている。何かを言おうとしているのは間違いなく、雅也は身構えた。

美少女の唇は、ぴくっ、ぴくっ、と動き、とうとう大きく開かれた。

「わ、若松くんの、ば、ばかあ――――っ！」

「加奈子先輩！」

信じられないほどの大声で怒鳴りつけると、加奈子は補整下着とバッグを手に持ち、ものすごい勢いで社長室を出ていった。

後には雅也と玲子だけが残された。


翌日の雅也は、ほとんど死人だった。

いや、一応は生きていたから〝ゾンビ〟だろうか。胃が痛いなどというレベルは超えていて、喜怒哀楽の感情を失っていた。

社長室で、玲子が慰めてはくれていた。

「思春期の女の子だから、色々と大変なのよ。雅ちゃんのことを嫌いになったとか、そういうことじゃないの。そもそも加奈子さんは今、自分の人生を決めようとしているんだから」

言っていることは分かるつもりだった。だが、やはり信じることはできない。

またタイミングの悪いことに、朝に登校すると駐輪場で加奈子と出会ってしまった。雅也は思わず視線を送ったのだが、美少女は能面のような冷たい表情で完全に無視してきた。これで雅也は息の根を止められた。

呆けたように授業を受け続け、放課後になると、とぼとぼと帰宅した。

もちろん、雅也は酒も煙草も経験したことがない。十五歳の男子高校生に可能な現実逃避は、ふて寝しかなかった。

食欲も全くない。家に入ると学生服を脱ぎ、シャワーを浴びた。

身体を拭き、Tシャツと短パンに着替えた。もうベッドに入ることだけを考えながらドライヤーを使おうとすると、玄関のチャイムが鳴った。

（また宅配便か……）

社長の自宅には、おびただしい郵便物が届く。雅也は宅配業者だと完全に信じてドアを開けると、目の前には見知らぬ女性が立っていた。

女性は二十代ぐらい。ＯＬとか女子大生という雰囲気だ。

白のブラウスに、ピンクのフレアミニスカート姿。ヘアスタイルはショートヘアで、上品にカラーリングされている。美人だが、服装の効果もあって、可愛らしくも見える。

（誰だろう……。あれ、でも、どこかで会った気がする……？）

雅也が呆然としていると、女性はにっこりと笑った。

「あれ、雅也くん、お風呂に入っていたんだ」

いきなり名前を、それも下の名前を呼ばれた。やっぱり知りあいなのだろうか。だとすると、正直に言った方がいい。

「は、はい……。すいません、どちらさまですか？」

「分からないの？　当ててみてよ」

「え、ええっ⁉」

いきなりそんなことを言われても、と雅也は戸惑った。しかし、会っているかもしれない、と感じたのは事実だ。

「えっと、あの、その……」

必死に頭を巡らせるが、さっぱり分からない。困り果てていると、女性は悪戯っぽい笑顔を浮かべながら胸元で腕を組む。

(うわっ、わわわわわ!)

雅也の全身に、電流が走った。

女性の腕が、ブラウスに隠されていたバストを持ちあげてしまった。相当に大きい。つまり目の前には、美人で可愛く、おまけに巨乳の女性が立っているのだ。

(何だかママと加奈子先輩を足して二で割ったような……)

加奈子の清楚さに、玲子のセクシーさ。美少女のシャープさに、母親の華麗さ——本来は矛盾するはずの魅力を見事に兼ね備えている。

「やっぱり、分からない?」

「ごめんなさい、本当に、すいません」

「ううん、いいのよ。初対面なんだから」

「しょ、初対面なんですか⁉」

雅也は「だったら分かるはずありません！」と悲鳴をあげそうになったが、とりあえずは黙っていた。

「私は神崎詩織《しおり》。加奈子の姉だよ。二十一歳の女子大生。今年四年生になったんだ。ということで、雅也くん、初めまして」

「えええっ！　か、加奈子先輩の、お姉さんなんですか！」

無意識のうちに予感していたとはいえ、自己紹介されれば、やはり驚いてしまう。

そんな雅也に、詩織は優しく微笑む。

「ねえ、雅也くん、おうちに入れてくれる？」

雅也は「は、はい！」と上ずった声で答える。すると詩織は「雅也くんの部屋に行こうよ」と嬉しそうに言う。雅也の顔は真っ赤になってしまった。

もちろん、片想いをしている先輩の姉なのだ。命じられれば何でもする。だが、やはり年上の美人、ちょっとセクシーな女子大生を自室に招くという状況に、どこかで興奮してしまっていた。

雅也の自室も、ベッドに机、本棚というシンプルなものだ。実は加奈子の部屋と似ているのだが、そんなことを知るはずもない。

「さあ、雅也くん、一緒に座ろうよ」

何と詩織は自分からベッドの端に腰かけた。

（うわあっ！　詩織さんの、お、お尻が、僕のベッドに！）

フレアスカートが、ふんわりと開き、そして女子大生の豊満なヒップがシーツに密着した。普段自分が横になって寝ている場所に、女子大生が座っている。不思議な密着感に、雅也の脳天は痺れる。

それからの雅也は、ほとんど操り人形と化してしまった。

夢を見ているんだ、と思う瞬間もあり、身体のコントロールを失ったまま、詩織の横に腰かけた。すると、たちまち妙なる芳香が鼻腔をくすぐる。

（すごく、素敵な香りだ……。香水じゃなくて、シャンプーとかだ……）

詳細は分からないが、華麗な花をイメージする香料に陶然としてしまう。それこそ意識が遠ざかりそうになってしまったが、慌てて気持ちを立て直す。

ひょっとすると、大変な事態になっているのかもしれない。

昨日、雅也は加奈子の前でペニスを勃起させてしまった。清純な女子高生にとっては、とんでもないショックだっただろう。

そのことを加奈子が姉に伝え、怒った姉が自分を説教しに来たのかもしれない。

考えれば考えるほど、まずい事態なのかもしれない。雅也の全身に冷や汗が流れ始めていると、いきなり自分の手を、極めて柔らかく、そして冷たさが心地よいものに包まれた。

びっくりして見てみると、何と詩織の手が握ってくれている。慌てて女子大生の方を見てみると、驚くほど真剣な表情が目に飛びこんできた。

（やっぱり、瞳が違う……。加奈子先輩に較べて、詩織さんは目がシャープで、それがかっこよくて、それで、やっぱりセクシーなんだ……）

信じられない状況に、雅也はそんなことを考えてしまった。そして視界の中では、女子大生の色っぽい、形が抜群にいい唇が動きだした。

「加奈子が迷惑をかけて、本当に、本当に、ごめんなさい」

詩織は、目を真っ直ぐに見つめてくる。雅也の体温は一気に上がる。

「め、迷惑、ですか？」

「うん。社長室から飛びだしちゃったんでしょ？　あれから加奈子は家で泣きっぱなしで、私が全部、事情を訊いたの。本当は妹が自分で謝罪をしなければいけないと思うんだけど、ああいう性格だから、なかなか……。馬鹿な妹で、本当にごめんね」

「馬鹿⁉　とんでもないです！　ぼ、僕にも、いけないところが、たくさんあるから、加奈子先輩は全く悪くないです……」

「悪いところ？　雅也くんが、どんな悪いことをしたの？　言ってみて」

女子大生の問いかけに、男子高校生は言葉に詰まってしまった。

（本当なら、ぼ、勃起したって言わなきゃいけないんだろうけど……）

そんなことを口にできるはずもない。困り果てていると、詩織の美貌が自分に向かって接近してきた。

あの素晴らしい唇が、耳元で動きだす。

「オチンチン、大きくなっちゃったんだよね？」

「し、詩織さん！」

誰が見ても美人だと太鼓判を押すだろう女子大生。そんな女性が「オチンチン」という言葉を使った。雅也の頭は、くらくらしてしまう。

（ああ、やっぱり、昨日のことは全部、知られているんだ！）

雅也は狼狽するが、美少女の姉は説教をしに来たわけではないようだ。

「当然だと思うよ、なんて言っても、単なるフォローだとしか思えないよね。だから加奈子の秘密を教えてあげる」

「加奈子先輩の、ひ、秘密!?」

「そうよ。私の妹はね、雅也くんのお母様、玲子さんが雑誌に載っている写真、素敵でセクシーなランジェリーを身につけた姿を見て、オナニーしてるんだよ」

「え、えええっ！　そ、そんなああっっ！」

雅也はもうパニック状態になり、意味のない叫び声を張りあげるだけだった。完全に混乱している男子高校生を見た女子大生は「ふふっ」と笑う。

「だって、お母様の下着は誰でも興奮させちゃうもの。私だってそうだよ」

言うと詩織は、すっ、と身体を接近させてくる。

（あああっ！　詩織さんの、お、おっぱいが！）

雅也の腕で、詩織のバストが柔らかく当たり、そして、潰れていく。雅也の全身に甘美な感触が走り抜けた。

「し、詩織さんが、こ、興奮!?」

「そうだよ。だからお母様のランジェリーは人気があるんだし、雅也くんのオチンチンが大きくなっちゃうのも当然なの」

もう女子大生の唇は、キスができるほど接近している。吐息が当たるだけでも、相当に気持ちいい。それにバストが腕で震えているのだから、雅也の脳裏から、加奈子のことは吹き飛んでしまった。

「ねえ、雅也くん。私のランジェリー、見てくれる？」

詩織は、いきなりベッドから腰を浮かし、雅也の前に立った。そして、美しい指をブラウスのボタンに向ける。

「な、何を言っているんですか!?　そっ、そんなの駄目、うわあああっ！」

必死に抗議するが、女子大生は全く聞く耳を持ってくれない。どんどんブラウスのボタンが外されていく。

そして、とうとうブラジャーが姿を現した。

「う、うわあああっ！　し、詩織さん、それは！」

「お母様みたいには似合っていないかもしれないけれど、やっぱり、今日はこれをつけないと駄目だよね？」

雅也は口をぱくぱくさせることしかできない。

目の前には〝因縁〟のランジェリーが圧倒的な存在感を誇っていた。そう、玲子が社長室で見せた「ピンクの三角ブラ」だ。

（詩織さんの、お、おっぱい、大きい！）

心の中で叫んだが、詩織が頬を赤らめた。

「お母様はGカップ、加奈子はFカップなのに、私はEカップしかないの。小さくて、雅也くんは物足りないかな？」

雅也は反射的に、首をぶんぶんと左右に振った。恥ずかしくて言葉が出せないため、身体が先に動いたような感じだった。詩織は「ありがとう」と嬉しそうに笑う。

（あああっ！　ブラとフレアスカートの組み合わせって、興奮する！）

新しい発見をしたような気持ちだった。

フレアスカートとは雅也にとって、可愛らしさとセクシーさを兼ね備えたものだ。

確かに身体のラインはタイトミニの方があらわになるが、フレアの場合は大きく開いた裾が、隠されているパンティの存在感を強くする。はっきり言えば、寝転んでスカートの中を覗きたくなるのだ。

おまけに、ミニスカートなのは同じだから、詩織の太ももは、かなりの部分が見えてしまっている。すべすべの太ももは、たまらなく魅力的だ。

その上で、詩織のブラを熱く見つめる。

何もかもが、玲子と同じだ。直角三角形が、豊満なバストを優しく寄せ、美しく持ちあげている。

詩織は雅也を見つめながら、ベッド前の床に跪く。

(あああっ！　詩織さんの、おっぱいが！)

雅也にとっては、初めてのアングルだ。男子高校生の視界には、まず女子大生のセクシーな美貌があり、その奥にはバストを上から覗き込んでいる。心なしか、乳首の部分が膨らんでいるように思える――。

触ってもいないのに、その感触の素晴らしさを完全に理解した。形も、張りも、艶も、何もかもが最高だった。これまでにグラビアアイドルの乳房をパソコンの画面で見ることしかできなかったのに、いきなりプロのモデルも敵わないような見事なバストが目の前で震えている。

「嬉しいな、雅也くん。興奮してくれてるんだね！」

ブラを見せつけている詩織は、心から嬉しそうに叫ぶ。どうしてそんなに喜んでくれるのか分からず、雅也は「えっ⁉」と疑問を口にする。

だが、すぐに詩織の手が股間に伸びてきた。

「あ、あああっ、詩織さん！」

織細な指が、短パンに触れた——いつの間にか、ペニスは激しく勃起していた。もちろん詩織の魅力が強烈だからだが、性欲の強い雅也が昨日からオナニーをしていないことも大きい。

生まれて初めてペニスを女性に触られる感動は、たとえ短パンやトランクスの生地越しであっても凄まじい。

（す、すごいよ、こんなに気持ちいいなんて、ああああっ！）

詩織の指は、まず優しく握りしめる。五本の指を使い、竿全体を包み込む。たまらずペニスは、ぴくっ、ぴくっ、と激しく脈動する。

「うわぁ……。すごく元気。嬉しいし、安心したよ、雅也くん」

「あ、安心って、どういうことです……。あ、ああああっ！」

質問しようとすると、今度は詩織の指が亀頭を撫でさするように動いたため、雅也は喋ることすらできなくなった。

女子大生は瞳を潤ませ、頬が赤らんできた。

（こ、興奮してくれているんだ、詩織さんは僕のチンポを握って、とっても喜んでくれているんだ！）

何もかもが信じられない。だが、自分の股間を愛撫してくれている女子大生の指、その感触は紛れもなく現実のものだ。

詩織は恥じらいながらも、ペニスを握り直し、しごくように指を上下させ始めた。短パンは完全にテントを張っているから、指はかなり動く。しかも生地や下着の厚みが、ちょっとした「焦らす」感覚をもたらし、雅也を官能の極みに突き上げる。

「あああっ、詩織さん、あああああっ！」

「もう、雅也くんったら、可愛すぎるよ、こんなに感じてくれるなんて……」

「だって、詩織さんの指が、すごく……。ああっ、ど、どうして、どうしてこんなことをしてくれるんですか⁉」

「それはね、雅也くんがショックを受けて、EDになっちゃったんじゃないかって心配したからなの」

「い、EDって、あ、あの、その……」

「ふふっ、雅也くんって、本当に可愛いんだから」

瞳を潤ませながら、詩織が唇を動かす。

「オチンチンが大きくならないことをEDって言うの、知っているでしょ？　インポって言葉なら、聞いたことあると思うけど」

「あ、あああっ、で、でも、でも、あああっ、あああーっ！」

雅也は喋り続けることに困難を覚えていた。

美しい女子大生と男性器の会話を続けることだけでも無理なのに、常に詩織の指は勃起を愛撫し続けているのだ。

（ぼ、僕のオチンチンが、大きくならなくなるなんて、そんなこと！）

辛うじて頭の中で疑問を叫んだが。詩織は全て分かっているようだ。

「精神的なショックが強いと、いくら雅也くんのオチンチンみたいに元気いっぱいでも、ＥＤになっちゃうことがあるんだよ。実際、妹はそれぐらいひどいことをしちゃったし……。ふふっ、でもね、それは理由の一つに過ぎないの」

「あ、ああっ、ほ、他の、理由が……ああああっ！」

必死に口を動かそうとするのだが、やはり言葉は形にならない。それを詩織は優しく、しかしセクシーな視線で見つめながら、ペニスの愛撫を続ける。

「男の子が苦手な加奈ちゃんが作った初めての男の子の友達……。どんな子か気になっちゃったんだよね」

「え、ええええっ、う、うわあああっ！」

もう喋ることができないと自覚した雅也は詩織の顔を見た。

女子大生の頬はさっきと同じように赤く染まっているが、目の潤み方は変わってしまった。興奮ではなく、涙ぐんでいるような印象が強い。

(詩織さん、とても一生懸命、って感じだ。でも、どうして僕なんかのために……)

疑問が浮かび、雅也は再度、口を動かしてみようとチャレンジしてみた。

やはり、あまりの気持ちよさに「でも、でも」と繰り返すことしかできない。ところが、それでも意思は通じたようだ。

「私が何のために、雅也くんのオチンチンを触っているのか、知りたいのね？」

「え、ええっ……。あ、でも、そ、そういうことになります……。ああっ！」

圧倒的な快感に耐えながら、何とか雅也は同意を示す。すると急に詩織の手が股間から離れた。男子高生は「はあっ」と四肢を震わせる。

「教えてもいいけど、条件があるよ」

「じょ、条件ですか？」

「そう。雅也くんのオチンチンを見せてくれたら、全部、話してあげる」

「えええええっ⁉」

雅也は詩織の表情をまざまざと見つめるが、女子大生は全く動じない。

(で、でも、加奈了先輩のお姉さんに、僕のチンポを見せるなんて……)

ようやく、男子高校生は片想いをしている美少女のことを思いだした。だが、その姉と見つめあううちに敗北してしまった。

好奇心と興奮、そして罪悪感に悩みながら、雅也は短パンの端を持った。しかし、どうしても勇気が出ない。すると詩織が、雅也の手の上に自分の手を重ねた。一緒に脱ごう、という合図に、雅也の心臓が跳ねる。

「詩織さん……」

「オチンチン、見せて、雅也くん」

詩織の呟きは、魔法のように効いた。女子大生の手の柔らかさ、冷たさを感じながら、雅也は一気にトランクスごと下ろそうとした——が、上手くいかなかった。雅也は「ああっ！」とうろたえたが、詩織は「大丈夫よ」と優しくフォローしてくれた。

ペニスの勃起が激しく、トランクスに引っかかっていたのだ。そして破裂しそうになっている竿を持ち、下腹部にぴったりくっつけるようにした。

雅也は顔を真っ赤にしながら、手を下着の中に入れた。

それを見た詩織が、一気に短パンとトランクスを足首まで下ろした。

外気がペニスに当たる。やはり恥ずかしい雅也は「詩織さん！」と悲鳴をあげ、目をつぶってしまった。

（あ、会ったばかりの詩織さんに、僕のオチンチンを見られるなんて、す、すごく恥ずかしい……。あ、あれ？　だ、だけど、すごくどきどきするし、あああっ、こんなの夢みたいで、だから何だかとってても興奮してきて、ああっ、あああああっ！）

悩乱する雅也に、詩織が呼びかける。

「駄目よ、雅也くん。さあ、目を開けて」

「で、できません、詩織さん！　ごめんなさい！」

雅也は全力で謝ったが、詩織は許してくれない。「じゃあ、こんなことをしちゃう」

と言った次の瞬間、ペニスを強烈な快感が襲った。

「うわあああああっ！　あ、あああああっ！」

「やったあ、雅也くんが目を開けてくれた、ふふっ」

童貞の男子高校生の視界は、とんでもない光景を捉えていた。

両脚の間には、ペニスが自分でも驚くほどの勢いでそそり立っていた。大量の血液が注ぎ込まれているのは明らかで、ぴく、ぴく、と苦しげに脈動し、亀頭からは先走りがこんこんと流れている。

女子大生は床に膝をつき、上半身を屈めていた。つまり、雅也のペニスに、あの美貌が大接近しているのだ。潤んだ瞳は肉棒を熱く見つめている。

「雅也くん、約束だよね。全部、話してあげる」

「はい……。え、詩織さん、あ、あの、その、あああっ、あああああっ！」

詩織がいきなり睾丸を優しく触ってきて、雅也は悶絶した。

（こ、こんなに気持ちいいなんて！　ああ、玉しか触られていないのに！）

雅也はベッドに倒れそうになるほど、上体を反らしてしまった。詩織の指は「いい子、いい子」と頭を撫でさするように動いている。射精をしてしまうほどの快感ではないが、その代わり、圧倒的な気持ちよさが永遠に続く。

女子大生は感に堪えかねたように「雅也くんって、可愛すぎるよ」と呟く。そして指の動きを更に淫らにしながら、「約束は守らなきゃね」と微笑む。

「加奈子に、雅也くんが勃起するのは当然だって説教したの。だって、そういう目的のために作られた最高のランジェリーなんだもん。でね、好きな男の子がいなくて悩んでいるのなら、雅也くんに協力を頼みなさいってアドバイスしたんだ。お母様のランジェリーを着て、後輩の男の子を興奮させなさいって」

「ぼ、僕が、ですか⁉　一体、どうして⁉」

「だって、雅也くんは加奈子の悩みを一番分かってくれているはずだよ。第一、普通の男の子に、そんな協力をお願いしても役に立たないじゃない」

「そ、それは……」

むちゃくちゃな理屈のようだが、確かにそういう側面はあるかもしれない。

加奈子の立場になってみたら分かる。例えば三年生のクラスメイトに好意を持っている同級生がいたとしても、「私の下着を見て、興奮するかどうか教えて」なんて頼めるはずがない。はじめから雅也は関わっているのだから、最後まで見届けるのが義務だとも言える。

(僕は、加奈子先輩の役に立つなら、何でもしたい……)

決心が固まってくると、更にペニスが膨張していくのが分かる。詩織もそれが分かったようで、「雅也くん、すごいね！」と歓声を上げる。

「でも、雅也くんが勃起するかどうか、オチンチンを見せてくれるかどうか、なんてことを加奈子が確認できるはずもないでしょ？　だから姉である私が、代理としてやって来たってわけ」

「なるほど……。そ、そうなんですか……」

雅也が何とか理解すると、詩織は「オチンチンは大合格だね」と言い、いきなり竿を握ってきた。

「うわああっ、し、詩織さん！」

詩織は、ゆっくりと指を上下させる。雅也が毎晩、一人でしているのと全く同じ動きだ。

(でも、気持ちよさは比べものにならなくて、あああっ！　イッちゃうよ！)

心の中では「イク」という言葉を使えたが、現実の世界では、まだ無理だった。雅也はひたすら「詩織さん！　詩織さん！」と女子大生の名前を連呼する。

絶頂が、あと少しで近づいてくる――そんな瞬間に、詩織はいきなり手コキをやめてしまった。雅也は反射的に「詩織さん！」と今度は抗議のために名前を呼んでしまう。女子大生の顔を見ると、悪戯っぽく笑っている。

「もう一つだけ、し、約束して」

「何ですか、し、詩織さん？」

「雅也くんも知っていると思うけど、加奈子は男の人が苦手なの。だけど、下着を見せたり、似合っているかチェックしたりするのって、すごくきわどい場面でしょ。加奈子は雅也くんのことを『すごく優しい』って言っているけど、やっぱり男の子にも本能はあるだろうし。欲望を剥き出しにして襲いかかったりしたら、二度と男性と恋することはできないかもしれないよ」

「そ、そんなこと、僕は……ああああっ！」

「反論する気持ちは分かるけど、でも、結局はどうでもいいの。だって雅也くんは妹を襲ったりしないし」

「え、えええっ⁉　意味が、ちょ、ちょっと、分かりません！」

「だって、こうやって、私が雅也くんの性欲を発散させてあげるから」

「せ、性欲⁉　は、発散⁉」

男子高校生は当然ながら驚愕するが、女子大生は落ちついて、更に指の動きを淫らに、繊細なものにする。感触が抜群の指が、竿の根元から先まで躍り、たちまち雅也は再び追い詰められてしまった。

「どう、オチンチンは気持ちいい？」

「は、はい！　す、すごく、あああっ、ものすごく気持ちいいです！」

「加奈子に紳士として対応してくれたら、私が雅也くんをもっともっと、たくさん気持ちよくさせてあげる。でも、加奈子にひどいことをしたら、もう終わりよ。今までの話で分かったと思うけど、私たち姉妹はとっても仲がいいの。何でも話し合える関係だから、嘘をついても駄目よ。いい、雅也くん？」

　再び詩織は指の動きを止めた。雅也は快感がジェットコースターのように変化することに耐えられず、泣きそうになってしまった。

「加奈子は友達として、大切にしてくれる？」

　女子大生はペニスを握りながら、それでも真剣な目で雅也を見つめ、本気の質問を投げかけてきた。

　その様子を見た雅也は、改めて腹をくくった。

（詩織さんの言っていることに間違いはない。第一、僕がどれだけ加奈子先輩を好きになっても、片想いで終わることは最初から予想できていたじゃないか……）

　また、片想いに終わった女性の姉と、こうして淫らに戯れることも、絶対に妹との関係においてもプラスになる可能性が高い。

（確かに僕が、加奈子先輩に対して百パーセントの〝紳士〟になるためには、詩織さんに性欲を発散させてもらった方がいい。そして、僕から性欲がなくなった状態で先輩に会えば、先輩の役に立てることも増える……）

片想いが成就することはないだろうが、加奈子の完璧な友達になろう——雅也は、そんなことを考えていた。

すると雅也に、何だか不思議な〝度胸〟のようなものがすわってきた。

雅也は男女の区別なく、他人とコミュニケーションを結ぶのが苦手だったが、詩織とはかなり会話が成立している。性という最大のプライベートを互いにさらしているため、無意味なコンプレックスとか羞恥心が吹き飛んでしまったのだ。

（詩織さんとエッチなことを楽しめば、加奈子先輩とも緊張せず、上手に喋れるようになるかもしれない……）

頭がだんだんと整理されてきたが、さすがに詩織は敏感で、そんな変化を感じ取ったようだ。

「雅也くん、ありがとう」

「とんでも……とんでもないです！　お礼を言わなければいけないのは、僕の方だと思います……あああっ、し、詩織さん！」

「最初から雅也くんのこと可愛いって思っていたけれど、何だかかっこよくなってきてるよ……。どきどきしちゃう。だから、こうして、たくさんエッチなことをしてあげるね」

雅也は真剣に詩織に対して感謝の気持ちを伝えようとしたのだが、女子大生が手コキを再開したために喋れなくなってしまったのだ。

女子大生の指が躍ると、男子高校生のペニスは限界を突破する勢いで、どんどん膨れあがっていく。

「雅也くん？」

「は、はい……あぁあっ、そ、そんなところを触られたら、あぁあっ、も、もうイッちゃいます！」

「私も、たくさんイッてほしいけど、その前に一つだけ。今週の日曜は、加奈子とデートしてね？」

詩織がいきなり〝指示〟してきて、雅也は面食らった。

人生で初めての手コキの官能は凄まじい。その証拠に、あれだけ内気で臆病だった雅也が、詩織に対して自分の絶頂を素直に打ち明けられるようになってきている。

だが、「デート」という単語が出てくれれば、何と返事したらいいのか分からない。最高の指でペニスを愛撫され、雅也の頭は半分ぐらいショートしている。快感と必死に戦いながら、何とか言葉を紡ごうとする。

「ど、どうして、デートを……あ、あああっ！」

「だって、少しは恋人気分を盛り上げないと、加奈子の〝修業〟にはならないでしょ？お母様のアドバイス、加奈子から聞いたわ。妹は男性嫌いを克服しないと、男性を喜ばせるセクシーなランジェリーはデザインできないんだよね……。お願いだから、優しくエスコートしてね。明日、妹が直接、雅也くんにお願いするから」

意識を集中させ、何とか雅也は「はい！」と返事をした。すると詩織は「ありがとう」と礼を言った。

「雅也くん、焦らしちゃって、ごめんね。さあ、もうイッていいのよ。私の手で、白い精液をたくさん、いっぱい、出して！」

詩織の指は、とうとう本気を出した。

何しろ、これまで空いていた左手が睾丸を触ったのだ。勃起のために固く引き締まった玉を包み込み、まるで精液を竿に送るかのようにリズミカルに動く。

そして〝本命〟の右手——。

五本の指が、信じられないほど絶妙に動く。中指から小指までの三本はちょうどいい強さで竿を握り、人さし指と親指は亀頭のくびれを刺激し尽くす。

おまけに雅也が大量の先走りを垂れ流しているため、それがローションのような役割を担う。指だけでなく、手全体が滑らかに上下する。

たまらず、雅也は心の全てを解き放った。躊躇せずに絶叫していた。

「詩織さん、イキます、出ちゃいます、あああっ！　い、イク、イク、イクぅ！」

雅也の身体が弓なりになった瞬間、女子大生が「だめぇっ！」と悲鳴をあげた。

たちまち指がペニスの根元を、ぎゅっ、と握りしめる。当然ながら今度は雅也が「ぎゃあああ！」と悲鳴をあげた。

激痛が去ると、さすがに雅也は抗議の声を張りあげた。

「し、詩織さん！　そ、そんな、そんな！」

怒りの感情をぶつけようとはしたが、「そんな」の次の言葉は言いよどんでしまう。イッていいと言いながら、イカせないとはどういうことだ、と詰問したいのだが、やはり十五歳の童貞には無理な相談だった。

雅也の想いは伝わっているらしく、詩織は「ごめんね」と謝ってきた。

「たくさん、イッてほしいのは本当なの……。でも、気持ちよさそうな雅也くんの表情が可愛くて仕方ないの。ずっと見ていたくて、それで……」

理由を説明した女子大生は、今度は指で〝仲直り〟を求めてくる。

指先を、すっ、と動かし、玉から亀頭の先までを撫であげたのだ。触れるか触れないかのぎりぎりという愛撫は、雅也の全身に電流を走らせた。

「あ、あああ あっ、詩織さん！」

再び身体をわななかせながら、雅也は快感に酔いしれる。

怒りの感情など、あっという間に吹き飛んだ。すると詩織は指を逆方向に動かし、今度はペニスを、撫で〝下げ〟た。

「ごめんね、本当にごめんね。私、こんなにわがままなタイプじゃないはずなんだけど、雅也くんが、とっても感じてくれるのが嬉しくて、おかしくなっちゃいそうなの」

謝罪しながら、詩織は指を自由自在に動かす。

亀頭を撫で、竿をさすり、玉を包み込む——だが、指は微妙な距離を保ち、決して雅也を絶頂へとは導かない。

しおらしく謝る姿はM的なのだが、焦らしまくる愛撫はS的ともいえる。

詩織は妹のように可愛らしく従順なのか、姉のように気高く女王的なのか、雅也にはさっぱり分からない。おまけに〝焦らし手コキ〟の快感も圧倒的だから、何が何だか分からなくなる。

「あああっ、詩織さん、詩織さん、あああっ、ああああ————っ！」

自然と雅也の目には涙が浮かんでいる。

年上の女子大生に狂わせられている少年は性別だけなら男性だが、幼さの充分に残る体格は中性的だ。

ある意味で、官能に狂乱する雅也の姿は、少女のようでもあった。

充分に発達しきっていない身体をわななかせているためだが、ペニスだけは完全に大人の偉容を誇っている。

「雅也くん、とっても可愛いのに、すごくスケベで、あああああっ、どうしよう、私も興奮が止まらなくて、ああああっ！」

詩織の方は全く触られていないのに、それでも女子大生は乱れる。

中性的な少年を可愛がっているという状況に興奮しているだけでなく、ペニスの熱と膨張に狂わされているのだ。女性のことを何も知らない雅也でも、女子大生が自分のペニスを愛撫することに狂ってくれていることだけは分かる。

「雅也くん！　雅也くん！　あああっ、私もイッちゃうかもしれない、あああああっ、一緒に、一緒に、一緒にっ！」

女子大生は遂に、ペニスをしっかりと握った。

素早く上下させると、竿は限界を超えて膨らみきった。そして詩織の腰も淫らに動いた。

ペニスを握っている詩織の手から、巨大な官能が女子大生の身体を走り抜け、下着に隠されたヴァギナを直撃している——不思議ではあるが、だからこそ淫らな光景が繰り広げられていたのだが、男子高校生にも女子大生にも、自分たちの状況を確認する余裕はなかった。

「詩織さん！　あああっ、イキます！　イク、イク、イクぅ――――っ！」

雅也は叫ぶと、上体が後ろに向かって倒れてしまった。

今度こそ、真のエクスタシーが襲いかかってきた。

少年は背中をベッドに付け、ペニスは天を向くほど勃起させ、そして亀頭から大量の精液を放っていく。

どぴゅっ、どぴゅ――――っ、どぴゅ、どぴゅ、どぴゅっ、どぴゅ――――っ！

丸二日間、溜めに溜めていた精液の量は、とんでもないものだった。

しかも射精を、詩織の指で導かれたのだ。オナニーで出す時の量とは比べものにならないのは当然だった。

雅也の放った精液は量だけではなく、濃さも半端なかった。

「あああっ、雅也くん！　すごいよ、こんなにたくさん！　ああっ、嬉しいよ、とっても嬉しい！　もっと、もっと出してぇ、たくさん、イッてぇぇぇっ！　わ、私も、私もイクぅぅ――――っ！」

何と詩織も達していく。

しごいても、しごいても、精液はどんどん放出される。女子大生も身体をのけぞらせながら、それでも指を動かし続ける。

その表情を見て、声を耳にすれば、童貞の雅也でも、ちょっとした〝異変〟を感じ取ったかもしれない。

女子大生は、まるで十五歳の少年の恋人のような雰囲気だったのだ。

男子高校生の欲望を解消させようと、ひたすらペニスに奉仕し、尽くしきっている。考えてみれば、愛情がなければ、こんなことができるはずもない。しかも少年の絶頂と〝シンクロ〟し、自らもエクスタシーに昇りつめたのだ。

だが、雅也は、とうとうそのことに気づくことはなかった。精液を出し続けながらも、あまりの快感に半ば失神していたからだ。

第二章　Tバック女子高生の可愛すぎるフェラチオ

日曜も、雲一つない青空が拡がっていた。

雅也は思わず、指で頬をつねろうとしてしまう。だが、それがあまりにも漫画的な行動だと考え直し、やめることにした。

(詩織さん……。駄目です、僕は、あんなに気持ちいいことをしてもらったのに、やっぱり加奈子先輩と一緒だと、緊張しちゃって、どうしたらいいか分かりません)

よりによって心の中に浮かんだのは、加奈子の姉である詩織への泣き言だった。

手足が震えているのを感じながら、雅也は視線を少しだけ横に向ける。すると同じように緊張した加奈子の表情が飛びこんできた。

(ああ……。でも、加奈子先輩、やっぱり綺麗だ……)

美少女の私服姿を見るのは、もちろん初めてだった。

何とコーディネートは、純白のブラウスに、淡いクリーム色をしたロングのプリーツスカートだった。

デザインだけを考えれば、どことなくセーラー服に似ていなくもない。だが、プリーツスカートは制服より清楚な雰囲気を醸しだしている。ブラウスもそうだが、きっと高級品なのだろう。

雅也は「お嬢さまファッション」という言葉の意味を本当に理解した気がした。

ファッション雑誌などでは、華やかなワンピースや、姉の詩織が着たちょっとセクシーなフレアスカートが「お嬢さま風」と形容されることがあるし、実際に雅也もそう感じた。

一方、加奈子は人によっては「地味」と思うかもしれない。だが、顔立ちが完璧にお嬢さま風の美少女だと、服装はこれぐらい抑えた方が似合う。こういうコーディネートは多分「上品」と形容されるのだろう。男子の視線から見れば「名門の女子高生っぽい」となるだろうか。

きっと詩織も女子高生の時は、加奈子のようなファッションを身にまとっていたのだろうし、加奈子も高校を卒業すれば、詩織のようになるのだろう。

(でも、こんな分析をしても、何の役にも立たないよ……!)

心の中で考えているだけでは何も生まれない。せっかくの〝デート〟なのだから、やはり会話が必要だろう。雅也は震える声で、加奈子に話しかけた。

「あ、あの……」

「は、はい……。あ、いや、ど、どうしたの、若松くん?」

「服、と、とても、素敵ですね」

「あ……ありが、とう、若松くん」

懸命な努力にもかかわらず、ぎこちない会話はすぐに終わってしまった。

雅也は唇を噛みしめる。緊張感が張り詰めているのだから当然ではあるが、十五歳の少年にとっては、更に心をかき乱す要素が存在する。

加奈子は一つだけ、制服の時と全く異なるところがあった。そして、それは高校の誰も知らないはずのもので、雅也だけが特権的に目の当たりにしていた。

美少女の胸元が、大きく膨らんでいるのだ。

(加奈子先輩、多分、僕のママがデザインしたランジェリーを着ているんだ……)

雅也は、どうしても興奮してしまう。

ワンピースは、驚くほど前方に突きだしている。そのくせウエストは信じられないほど細いため、凹凸のレベルが凄まじい。人間の身体が、これほど豊かな曲線を描くことができるのかと圧倒されてしまう。

服を見ただけでも殴られたような衝撃を覚えるのだから、それに妄想が加わると収拾がつかなくなる。清楚な私服の下に潜む美少女の巨乳を、どれほどセクシーなブラジャーが包んでいるのだろうかと考えてしまう。

(ああっ！　加奈子先輩を見ていると、オチンチンが……！)

雅也は泣きそうになる。

さすがに勃起はしないが、それでも下半身に血が集まりつつあるのがはっきりと分かる。何のために詩織に手コキをしてもらったんだ、と自分が情けない。

だが、雅也は冷静でいなければならない。

今日の〝デート〟の目的は加奈子が玲子の下着を身につけ、異性と一緒に過ごすことで、どういう〝反応〟が生じるのか確かめることなのだから。

だからこそ、雅也の悩みは深い。

加奈子に対しては、あくまで友人として接し、なおかつ巨乳の迫力を常に感じながら、遊園地でどうやって遊ぶかリードしなければならないからだ。

思わず天を仰いだ雅也の脳裏に、これまでの経緯が蘇った。


詩織の指で、大量の精液を放出した雅也は、死んだように眠っていた。

解放されたのは性欲だけではなかった。加奈子に対しては〝友達〟として接するという〝結論〟に達したため、片想いでくよくよと悩むこともなくなった。目を覚ますと詩織の姿は消えていたし、深い熟睡のため朝になってしまっていた。

ところが、不思議なことがあった。

うっすらとした記憶の中で、雅也は大量の精液を、何度も何度も放っていた。女子大生の手コキが最高の快感をもたらしてくれたことも覚えていた。だが、身体のどこにも精液が残っていなかったのだ。

ひょっとして夢なのだろうかという疑問は、机の上に詩織の置き手紙が残されていたことで解消された。女子大生は雅也に出会えたことを心から喜び、そして、妹のために尽力をしてくれることに強い感謝を伝えていた。

くすぐったい気持ちを感じながら、雅也は風呂に入り、朝食をとると学校へ出かけた。母親の玲子が「何かいいことあったの？」と笑顔を浮かべるほど、雅也は幸せそうな表情を浮かべていたらしい。

しかも、学校で朝、もう一つの大きな出来事が起きた。

何と靴箱に、今度は加奈子からの手紙が入っていたのだ。美人姉妹から立て続けに手紙をもらう――ずっと暗い毎日を過ごしていた雅也にとっては、平静を保つのは大変だった。

だが姉のものに較べ、妹の文面はシンプルだった。

「この間は、本当にごめん。放課後、屋上に来てくれますか？」

反射的に心臓が跳ね、それからの雅也は平静を保つのが大変だった。あくまでも加奈子は〝友人〟であること、そして先輩に〝紳士的〟に接すれば、詩織とまた素晴らしい時間が過ごせるのだと言い聞かせた。

ところが、詩織のことを考えると、学校の中でも勃起してしまう。雅也は自席から立つことができなくなり、本当に苦労した。自分に友達がいないことや、体育の時間がなかったことを感謝しながら、やっとのことで放課後を迎えた。

加奈子に会うことを考えると、股間の膨らみは消えた。

（やっぱり、先輩に会うってことは、すごく緊張するんだな……）

これまでなら胃が痛くなる状況でも、詩織の〝命令〟を守るためには、むしろ都合がいい。雅也は改めて女子大生の姉に深い感謝を捧げながら、あっという間に人気の消えた廊下を歩き、階段に向かった。

雅也の通う高校では、屋上は開放されている。

天気のいい昼休みには弁当を食べる生徒もいるらしいが、放課後になると誰もいなかった。生徒は部活に打ち込むか、既に帰宅しているのだ。

美少女は先に到着していた。

風がそれなりにあり、黒いロングヘアーがなびいている。それは映画のワンシーンのようにインパクトがあった。

「こんにちは、若松くん」

雅也は、加奈子は苗字に〝くん付け〟をするのだと改めて気づいた。

対して姉の詩織は名前の方を呼んでくれる。その距離感の違いは、文字通り精神的なものを表しているように思えた。

「こんにちは、加奈子先輩」

　雅也は初めて、口ごもらずに喋ることができた。これも詩織のおかげだ。きちんと挨拶を返すと、加奈子はほんのりと頬を赤らめた。

「この間は、本当にごめんね」

「いえ、お姉さんから説明を聞いたので、大丈夫です」

　詩織のことを言ってみると、たちまち加奈子は顔まで真っ赤になった。

「変な姉妹って、思ってない？　何でも話しすぎだって」

「僕、兄弟がいないから、うらやましいって思います」

「そっか、若松くんは一人っ子なんだ……」

　呟くように言うと、加奈子は遠くを眺めるように顔を校庭へ向けた。身体も傾き、雅也は美少女の身体を横から眺めるアングルになった。

（おっぱいが、小さい……）

　雅也が気づくと、いきなり加奈子が振り向いた。

「ご、ごめんね、今も、あの補整下着を身につけているの。お母様にアドバイスされたのに、それを無視するみたいで申し訳ないんだけれど……。で、でもね、ちゃんと自宅では着てみたんだよ。だから、だから、お母様の仰ることに逆らったりしているわけではないんだから！」

加奈子は興奮のあまり、泣きだしそうになってしまっている。雅也は慌ててフォローした。

「そ、それは分かります。自宅で身につけたのなら、それでOKだと思いますよ。母親は着られるかどうかを確認しなさいって言ったんだし、それに学校なら体育とかで着替える必要もありますよね。そもそも、セーラー服を着ているのにあんまり胸元が強調されるのも困るだろうし、あと、肩こりとか……」

上ずった声で懸命に考えを伝えようとしていると、途端に加奈子の瞳が輝いた。

「分かってくれるの、雅也くん？　ほ、本当に⁉」

加奈子は、ぐっ、と脚を踏み出し、雅也の前に立った。そして無我夢中という感じで、何と雅也の手を握った。

「せ、先輩！」

「ありがとう。本当に、ありがとう。詩織ねえさんの考えていることって、本当に間違いがないいんだね」

「加奈子先輩は、本当にお姉さんのことを好きなんですね」

雅也が問いかけると、加奈子は首を縦に振る。

「本当に優しかったし、小さい時からずっと憧れてたの。詩織ねえさんは私より頭が良くて、綺麗で、とても活発で明るいから誰とでも友達になれて……。それに較べたら私は良いところなんて何もないから。第一、性格が暗いし」

「性格が暗いだなんて、そんな！」

たまらず雅也が悲鳴をあげると、加奈子は頷いた。

「暗いって言葉は変かもしれないけど、男の人が苦手なのにセクシーなランジェリーが好きだったりする矛盾は分かっていたの。だから、くよくよ悩むことが多くて、それで自分の性格は暗いのかなって……」

雅也は「加奈子先輩……」と呟いたが、自分の気持ちを正直に伝えなければ、憧れの先輩の力になれるはずがないと考え直した。内気な少年は勇気を振り絞り、口を動かしてみる。

「でも先輩のこと、たくさんの男子生徒が憧れているんですよ」

「そのこと、気づいていないわけじゃないんだ」

「だったら、自分を責めなくても……」

「でも、自分に自信がなかったら結局、意味がないから」

美少女の〝告白〟に、雅也は腰を抜かすほど驚いた。

（え、えええっ⁉　それじゃあ、全く僕と同じ……。で、でも、なんで加奈子先輩のように素敵な人が、僕みたいなコンプレックスを持たなきゃいけないんだ！）

あんまり驚いてしまい、フォローすることを完全に忘れてしまっていた。ただ、雅也の態度から、ある程度は何を考えているか、すぐに分かってくれたようだ。

「若松くん、もう何も言わなくていいよ。大丈夫だから」

「加奈子先輩……」

「どんな人にも、悩みはあるんだって分かってくれればいいから。だから、それ以上は何も言わないで、お願い」

「……分かりました」

雅也は頷き、そして手を強く握り返した。

反射的な行動だったから、誰よりも雅也がびっくりした。だが、加奈子は一瞬、あっけにとられたような顔になったが、すぐに微笑を浮かべてくれた。

初めて見る、加奈子の笑顔――。

非常にかすかな笑みだったが、それでも十五歳の男子高校生のハートを射貫くには充分だった。

(あああっ、駄目だよ、僕と加奈子先輩は、友達、なんだから!)

非常事態が発生し、雅也は詩織の表情と、そして手の感触を思いだすことにした。

初恋の想いを、初めての淫らな戯れで打ち消そうとしたのだ。

その効果が現れる前に、加奈子が明るい声で言った。

「若松くんが友達になってくれて、本当によかった……。あ、そうでいいんだよね、私と若松くんは、友達、だよね？」

「もちろんです！　僕と加奈子先輩は、友達です！」

「すごく、嬉しいな、若松くん！　私にも、男の子の友達ができたんだね！」

たちまち美少女の全身から、ぱっと光が輝く。雅也にとっては、あまりにも眩しすぎる〝オーラ〟の噴出だった。

（や、やった！　ぼ、僕が、何の取り柄もない僕が、加奈子先輩の役に立つことができたんだ！）

雅也の全身に感動が走り抜ける——だが、しばらくすると、強烈なショックに襲われ、くらくらと目眩を感じた。

友達と断言されてしまった。

姉の詩織には念を押され、友達になろうと決めたからこそ片想いの苦しさから解放された。だが、やはり、憧れの美少女本人から断言されると、心の傷は深く、ダメージは大きい。

（やっぱり、僕が加奈子先輩の彼氏になることはできないんだ……。めちゃくちゃに当たり前のことなんだけど！）

雅也はどうしても落ち込んでしまうが、加奈子の方は元気を取り戻したようで、それからは一気に喋った。

「今度の日曜、私とデートしてくれる？　私、絶対にお母様の下着を身につけていくから。そうして、男の子の若松くんと一緒にいることで、どんな風な気持ちになるか知りたいの。でも、これって、詩織ねえさんから聞いているよね？　私がお母様の下着姿が載っている雑誌を見た時みたいに興奮するかって……」

だが、加奈子が「興奮」という言葉を使った瞬間、思わず雅也は「えええっ！」と叫んでしまっていた。

雅也の驚きは、加奈子の羞恥心を呼び覚ましたようだ。急に顔が真っ赤になった。

「あ、あの、詩織ねえさんから、そのことを、あの……」

「は、はい！　き、聞いています。でも、あんまり、詳しくは、その……」

十七歳の女子高生と、十五歳の男子高校生は、そのまま顔を下に向けてしまい、何も言えなくなってしまった。ただ、手だけは握り続けている。

どれぐらいの時間が経ったのか。雅也の頭は完全にショートしてしまっていて、何もすることができなかった。意識を取り戻したのは、加奈子のか細い「あの……」と呼びかける声を耳にした時だった。

「わ、若松くん……？」

「は、はいっ、加奈子先輩！」

二人は同時に顔を上げ、互いの視線をぶつけあった。つまり見つめあっているというわけで、どちらも顔が真っ赤になっていた。

「大切なこと忘れてた。日曜だけど、ど、どこに行く？」

「あ、そ、そうですね、どうしましょうか……」

雅也は全く考えていなかったので、かなり焦ってしまった。

反射的に思い浮かんだのは、いくつかの有名な遊園地だった。だが、それを素直に言葉にすることはできなかった。

躊躇してしまうのは、遊園地とは〝本物〟のカップルが行く場所ではないかという思いだった。実際のところは友達で行くグループも少なくないのだが、初心な十五歳の男子高校生に、そんな知識はかけらもなかった。

（も、もう仕方ないよ。時間をかけても仕方ないし、やけくそだ！）

先輩の美少女をしっかりと見つめ、雅也は頭に浮かんだ遊園地の一つを口にしたつもりだった。ところが、実際に口から飛びだしたのは、何と地域に古くからある遊園地だった。

しまった、と後悔しても、もう遅い。雅也は、なんでこんな馬鹿なことを言ってしまったのかと地団駄を踏んだ。ところが、あっさりと美少女は「うん」と頷いた。

雅也は「えっ？」と自分が誘ったにもかかわらず、あっけにとられてしまった。それから二人は顔どころか全身を真っ赤にして、ひたすらに恥ずかしがっていた。そのくせ、握った手は離さない。

とうとう、加奈子が震える声で言った。

「私、あの、そろそろ、帰るね。よ、予習とか復習とか、あと、デザインの勉強もしなくちゃならないし」

雅也も「あっ！」と言い、状況のおかしさに気づいた。

「大丈夫です、に、日曜のことは、ちゃんと決めましたし」

「じゃ、じゃあ、あの、その、ば、バイバイ」

「はい。バイ……バイ……です。加奈子先輩」

美少女は「バイバイ」と別れの挨拶をしたにもかかわらず、離した手を左右に振ることはなかった。その代わりに、なぜか、ぺこり、とお辞儀をして、階段に通じる扉に向かって走っていった。

「ふ、ふわあああっ、ああああっ」

雅也は奇妙なうめき声を漏らすと、そのまま床にすとん、と座った。腰が抜けてしまったのだ。

頭の中で、詩織の言葉を何度も繰り返していた——私の妹はね、玲子さんの下着姿で、オナニーをしているんだよ……。

童貞の十五歳は、悲痛な思いで叫んでいた。

「に、日曜、どうすればいいんだろう!」

それからの雅也は、天国と地獄を行ったり来たりする日々が続いた。落ちつこうと努力はしてみた。加奈子先輩はただの友達だ。男友達と一緒に遊園地へ行くようなものだ——。

しかし、生まれて初めて、異性と一緒に遊ぶのだ。これは、やはりデートと言っていいのではないか、と考えると、心がときめいてしまう。必死に抑えつけようとしている片想いが再び頭をもたげてくる。

冷静になろうとする気持ちに、片想いの喜びと苦しさ——両極端の感情だけでも悩まされているのに、更にそれに性欲が加わる。

まず加奈子のことを友達と思おうとすると、詩織の手コキが蘇る。姉の言いつけに従えば、もっとエッチなことができると期待してしまう。

逆に加奈子への恋心が募れば、今度はセクシーな下着を身につけた美少女の姿を思い描いてしまう。しかも先輩の女子高生は、過激なランジェリーを身につけると興奮してしまうのだ。そんな加奈子とデートをすれば、どんなことになるのだろうかとどきどきしてしまう。

雅也は寝られなくなり——もちろん、何度オナニーをしても眠れなかった——デートの当日である日曜は最悪のコンディションで迎えることになった。

待ち合わせ場所は直接、遊園地の入口にした。

ほとんど徹夜という状態だったため、雅也は早くに家を出てしまった。それから三十分ほど待っていると、とうとう美少女の姿を見つけた。

（あああっ、加奈子先輩！　す、素敵です、素敵すぎます！）

眠気も疲れも、そしてずっと悩まされていたプレッシャーさえも吹き飛んでしまった。それぐらいのインパクトだった。加奈子の〝お嬢さまファッション〟と、大きな胸の膨らみに悩殺された。

しかも憧れの先輩は、雅也に〝挨拶〟をしてくれたのだ。

「おはよう、今日はよろしくね」

それだけで雅也は満足しなければと思った。今日は友達として紳士的に振る舞うのだ――しかしチケットを買って中に入ると、何をしたらいいのか分からなくなった。

会話は極めて弾まない。何度か短いやりとりはあるが、話が続くようなことはない。それもそのはずで、二人とも激しく緊張していて、視線は足元に向けられている。要するに俯いているのだ。

勇気を出して服を褒めてみても、雰囲気は変わらない。それどころか、美少女の巨乳を更に意識してしまい、股間の状況を心配しなければならなくなった。

（困ったな、どうしよう……）

あの胃痛が、再び復活した。雅也が顔をしかめていると、「お化け屋敷リニューアルオープン」という大きな看板に気づいた。雅也は今にも死んでしまいそうな、消え入りそうな声で言った。

「あそこ、行ってみませんか？」

「え、えええっ⁉」

加奈子は驚いたように声を上げ、雅也は慌てた。だが、その表情を見た美少女は慌てて「うん」と頷く。

（先輩をお化け屋敷に連れて行って、大丈夫、なんだよな……？）

雅也は心に引っかかるものを感じたが、最初からデートは全く上手くいっていない。全ては緊張のせいだと考え、歩きだすことにした。

日曜といっても、小さな遊園地はがらがらだ。午後になるとまだ違うのだろうが、昼前という時間帯は幼児連れの保護者もいない。

二人は無言で歩を進める。

もし、雅也と加奈子に視線を向けた者がいたら、その奇妙さに驚いただろう。一応はカップルのように見えるのだが、手や腕をつなぐどころか、両者の間には数十センチの間隔が空いてしまっている。

かといって、ケンカをしているというわけでもなさそうだ。どちらかと言えば、二人とも誰かに怒られて落ち込み、がっくりと肩を落としている、という感じだ。

とはいえ、きちんと足を前に進めていたのだから、お化け屋敷に到着した。

二人は窓口でチケットを購入する。すると意外なことに、3D用のグラスを渡された。これをかけて、中を徒歩で進むらしい。

（へえ、こんな小さな遊園地にしては、頑張っているんだな……）

雅也は、お化け屋敷を選んだことが意外に正しかったことを知った。もちろん有名遊園地のものに較べれば子供だましだろう。しかし恐怖系アトラクションがほとんどない一部の有名テーマパークよりは勝っている——かもしれない。

入口から進むと、当然ながら中は暗い。だが、血を思わせる赤色の照明が横切ることもあるし、BGMもおどろおどろしい。移動が徒歩というのも、凝ったアトラクションに較べれば安っぽいのかもしれないが、自分の意思で進むというのはそれなりに勇気を必要とする。恐怖感の演出は、幕開けとしてはなかなかだった。

加奈子の歩くペースに気をつけながら、雅也は屋敷の奥へ進んでいく。すると、さっそく最初の〝関門〟が出現した。じゃーん、という効果音と共に、火の玉が襲いかかってきたのだ。

（なるほど、ここで立体映像を利用するんだな）

目の前がスクリーンになっていて、そこに映された火の玉の映像が専用眼鏡で立体感を得る、という仕組みだ。雅也の視界の中では、燃えさかる玉が頬をかすめるような勢いで通過していく。

雅也は楽しくなった。種が分かっているのだから怖くも何ともないが、３Ｄ効果を堪能することはできる。自然と笑顔になり、加奈子も面白がってくれているだろうかと顔を向けてみた。

（あ、あああっ、加奈子先輩が、大変だ！）

何と美少女は、うずくまって震えていたのだ。雅也は無我夢中で膝をつき、加奈子の肩に手を置いて「大丈夫ですか？」と声をかける。だが加奈子は「怖い、怖いよ」と呟くだけだ。

加奈子を助けなければ――雅也が考えたことは、それだけだった。

他のことは、かけらも頭に浮かばなかった。だから行動が大胆になった。まず口を美少女の耳元にくっつけて「その眼鏡を外せば大丈夫ですよ」と言った。そして身体を密着させて安心感を与え、手を使ってゆっくりと加奈子の眼鏡を外した。

こういう時、客が少ないのは助かる。雅也は加奈子が落ちつくまで、一緒にうずくまってじっとしていた。

しばらくすると、加奈子が「私、すごく恐がりなの」と呟いた。どうやら正気を取り戻してきたらしい。雅也が「立てますか？」と訊くと、身体がぴくっ、と反応した。そのまま抱きしめるような体勢のまま、二人は立ち上がった。

だが、立ちあがった瞬間――加奈子がすがりつくように雅也の腕の中に飛びこんできた。

「か、か、加奈子先輩、加奈子先輩、加奈子先輩……！」

「怖い……怖いの、怖い……」

美少女はうわごとのように呟き続けている。

本当なら、パニック状態に陥ってもおかしくはなかった。だが雅也の頭は、さっきまで「先輩を守る」という想いで満ちていた。そのため、十五歳の男子高校生は、十七歳の女子高生をしっかりと抱きしめてしまった。

（えええっ!?　ぼ、僕は一体、何をやっているんだ！）

心と身体がばらばらになっている。だから雅也は自分の行動にもかかわらず、自分でツッコミを入れてしまった。

しかし、ある種の〝迷い〟が発生したのは、そこまでだった。

（お、女の人の身体って、加奈子先輩って、こ、こんなに柔らかいんだ！）

加奈子との密着は、強烈な快感をもたらしていた。どうしたって雅也は、それに酔いしれてしまう。一応は「怯えている先輩を安心させる」という大義名分が浮かんだが、それは全くの口実だった。

雅也は恥ずかしさも、申し訳なさも、今いる場所が遊園地であるということさえも、綺麗に忘れてしまった。ただ考えられるのは、美少女の身体があまりにも気持ちいいということだけだった。

雅也はデートの前、加奈子の姉である詩織に「手コキ」をしてもらうという幸運に恵まれている。

それだけの経験をしているのに、ただ女性を抱きしめただけで、ここまで興奮してしまうのは少し変かもしれない。

だが結局のところ、十五歳の童貞にとっては、どちらも最高なのだ。また、姉の詩織との戯れは「指」の感触しか教えてくれなかったが、妹の詩織は身体全体の快楽を味わわせてくれている。

(特に、おっぱいが、加奈子先輩の巨乳が、す、すごすぎる!)

美少女のバストは、あまりに甘美だった。

柔らかく潰れ、大きく拡がっている。気絶するのではないかと思うぐらい、強烈な快感をもたらしている。

加奈子は身体を震わせている。すると当然ながら、バストも上下左右に揺れてしまう。派手に跳ねることはないものの、まるで女子高生の乳房が雅也の身体をなで回しているように感じることもある。

(裸のバストじゃなくて、服とブラに隔てられてても、こんなに気持ちいいなんて！　あああっ、たまらないよ！)

もし加奈子のバストを直接に触れるようなことがあれば——小数点以下のゼロが無限に続くぐらいの確率だろうが——感激で即死してしまうのではないだろうか。

高校生のペニスは、勢いよく勃起していた。

ところが、雅也は何と、そのことに気づいていなかった。加奈子と抱きあっていることで、頭脳は完全にショートしてしまっていたのだ。

女を知らない、若々しい肉棒はジーンズを突き破りそうな勢いでそそり立ち、女子高生のスカートに突き刺さっている。場所はパンティの中央部分、ちょうどヘアが繁茂しているあたりだ。

それでも雅也は、加奈子をきちんと外に連れだそうとは考えた。

震える声で「さあ、進みましょう」と言うと、そのまま出口に向かって歩きだした。先輩の美少女は抱きしめたままだから、かに歩きのように横へ進む。

加奈子は「怖い」を繰り返し、巨大な効果音が鳴ると「きゃっ！」と雅也にしがみついてくる。

雅也は愛する先輩を守ろうと必死だが、脚を動かすと、当然ながら加奈子のバストは揺れを増す。それだけでなく、太ももが雅也の下半身を包み込むように震える。女体の柔らかさ、気持ちよさが更に鮮明に伝わってくる。

あまりの快感に、全身が蕩けた。

加奈子の股間が肉棒を撫でさする瞬間もあったのだが、バストの柔らかさ、太ももの弾力が生む官能にかき消されてしまっていた。

(あああっ！　オチンチンが大きくなってしまったの、先輩に気づかれてしまう！)

雅也は悲鳴をあげるが、抱きあいながら歩くこと自体には慣れていく。

十七歳の美少女は、年下である十五歳の少年に、身体の全てを委ねている。安心感を得たのか「年上なのに、だらしなくて、ごめんね」と謝るだけの余裕を取り戻した。おどろおどろしいＢＧＭや照明に大きく反応することもなくなった。ひたすらに呼吸を合わせ、足を規則正しく動かしている。

(あ、出口の表示だ！)

案内板を見つけた雅也は、まずは安堵した。加奈子に「もうすぐです」と告げると、すぐにドアまで辿りついた。抱きあったまま、無我夢中で肩を使って扉を押すと、圧倒的な陽の光に包まれた。

雅也は「出られました」と言い、加奈子に視線を向けた。

すると、深く実感していたはずなのに、改めて先輩の美少女を抱きしめていることに気づいた。

加奈子の顔は、雅也の胸元に埋もれていた。

途端に頭がくらくらした。しかも呼びかけられた加奈子は顔を上げ、真っ直ぐに雅也を見つめてきた。

(先輩が、泣いてる!?)

まず視界に飛びこんできたのは、潤む美少女の瞳だった。

だが、すぐに涙とは違うと気づいた。目が濡れているのだ。つまり、先輩の美少女は瞳を「うるうる」させていることになる。

「若松くん……」

「は、はいっ!」

「す、すごく、かっこよかった、若松くん……。私を助けてくれて、ありがとう」

「え、えええええっ!?」

雅也は動転した。

かっこいい、などと言われたのは初めてだ。瞬間的には踊りだしたくなるほどの感動を味わった。だが、そんな浮かれた気持ちはすぐに消え去った。

要は先輩の女子高生をアトラクションから連れだしただけなのだ。とはいえ、加奈子は本気で言っているらしい。実際、瞳を潤ませるだけでなく、頬も赤く染めてしまっている。まるで〝恋する乙女〟というルックスだ。

加奈子に落ちついてもらおうと、雅也は謝ることにした。

「お化け屋敷に連れて行ったりして、す、すいません」

「ううん、私が苦手だってちゃんと言わなかったことも悪いから」

美少女も謝罪をしてきて、更に「それにね、若松くん……」と言葉を継ごうとする。

雅也は目を見開き、美少女を凝視する。

「私のスカートのところ、何か固いものが当たってるみたい……」

声は非常に小さく、語尾は泣きだしそうに震えている。だが、何のことを言っているのか、雅也はすぐに理解した。

(あああっ、ぼ、僕のオチンチンが！　だから加奈子先輩は真っ赤に……。し、しまった、どうしよう!?)

雅也は、ようやく全ての状況を正しく理解した。

「ご、ごめんなさい、加奈子先輩！」

雅也は反射的に叫ぶと、身体の密着を解いた。

加奈子から離れたが、するとズボンが丸見えになってしまう。男子高生はワイシャツにチノパンという服装だ。勃起を隠せるようなジャケットなどは持っていない。

両手でチャックの辺りを押さえようとしたが、そうするとペニスを大きくさせているのが他人に知られてしまう。かといって、肉棒を加奈子に見せつけるわけにもいかず、雅也は完全に追い詰められた。

「若松くん、だめだよ、無理しないで！」

いきなり美少女が、大きな声を出した。

雅也が口をぽかんと開けると、加奈子が自分に向かってきた。そして、あっという間に完璧な肢体が飛びこんでくる——。

「か、加奈子先輩！」

そう呟くのが精一杯だった。再び巨乳が潰れて拡がり、スカートが当たって勃起を覆い隠す。雅也は完全に硬直してしまい、気をつけの姿勢になった。美少女が抱きしめてくれているのに、両手はチノパンにぴったりとくっついている。

「他の人に見られると、恥ずかしいんだよね？　だったら、こうしててあげる」

「加奈子先輩……」

「若松くん、本当に、ありがとう」

「お、お礼を言ってもらえるようなこと、何もしていません」

「ううん、若松くんは、私のコンプレックスを解消してくれてる。まだ色々と悩んでいるけれど、すごく元気が出てきているんだよ……」

雅也は面食らった。どうやら加奈子は、お化け屋敷で〝助けた〟ことを言っているわけではなさそうだ。もう会話は先に進んでいるらしい。

戸惑った視線を向けると、加奈子と目が合った。美少女は真っ赤になり、逃げるように顔を胸元に押しつけた。

そして、か細い声で、呟くように言った。

「今、わ、私が隠した、若松くんの場所があるでしょ？　とっても、お、大きくて、固いところ」

雅也は、身体をぴくん、と震わせた。美少女がペニスのことを口にしたのは明らかだったからだ。震える声で「はい」と返事をする。

「若松くんが大きくしてくれて、本当に嬉しいの。この間は、お母様の会社で失礼なことをしちゃって、詩織ねえさんに『男嫌いにもほどがある』って、すごく怒られたけど、あれは違うの……」

加奈子は透き通った声で語りだす。

自分が社長室を飛びだしたのは、雅也がペニスを勃起させたことを嫌悪したのではない。むしろ、その逆なのだ——。

加奈子は幼い時からずっと、大きなバストがコンプレックスだった。

小学生の時、体操服に着替えると男子の視線が集中する。最も早くブラをつけなければならなくなり、男子だけでなく、女子からも好奇の目を向けられる対象にされた。

「胸が小さければどんなに楽だろうと毎日、思っていた。でも不思議なんだけど、だから逆に下着に興味を持つようになったの。特に男子からは、やっぱり、いやらしい視線で見られていたから、大きなバストがコンプレックスになって、男の人が苦手になっちゃったから、それを何とかしたいって思っているうちに、若松くんのお母様を雑誌で拝見したの……。とっても綺麗だった。バストが大きいからこそ、魅力的な女性がいるんだって知ることができた。でも、自分のバストにまつわるコンプレックスは解消されなかったな。自分に魅力があるなんて思えなかった」

ずっと、美少女の〝告白〟を聞いていた雅也は、思わず叫んでしまった。

「加奈子先輩に自信がないなんて、そ、そんな馬鹿な！」

力みきった声を聞さ、加奈子は、くすっ、と笑った。雅也が視線を向けると、女子高生も顔を上げて見つめ返す。

「若松くんのこと、詩織ねえさんがずっと、可愛い、とっても可愛い、って言ってた。本当に、そうだね」

美少女に褒められて、十五歳の男子高校生は顔を真っ赤にしてしまった。加奈子は微笑を浮かべながら唇を動かす。

「若松くん、あのね、私、男の人って大きいバストが嫌いなんだって思ってた。エッチな視線だって思うこともあったから矛盾するんだけど、やっぱり『加奈子は牛みたいにおっぱいが大きい』なんて馬鹿にされるから、やっぱり嫌いなんだろうなって考えてたの」

「ま、まさか！　だったら、どうして『おっぱい星人』なんて言葉があるんですか」

「お、男の人が、あの、あのね、その、あそこが、大きくなるのって、その、とっても興奮して、よ、喜んでいるからでしょ？」

「え、ええええっ……!?　いや、まあ、その、た、確かに、そうですね。はい。こ、興奮すると、そうなります……」

「あの時、私、とっても悔しかったの」

「悔しい？」

「うん。お母様の、かっこいい大胆さに較べて、自分は何なんだろうって。うじうじ悩んでばかりで、前に進めなくて駄目だなって痛感したの」

「加奈子先輩……」

「私も、若松くんを興奮させたい、あ、あそこを、大きくしてもらいたいって、瞬間的に思ったの……。そうしたら今日、今もそうだけど、若松くんのが、痛いほど私の身体に当たってる。だから、とっても、嬉しいの」

「そ、そんな……。なんて言っていいのか分かりませんけれど、その……」

雅也が戸惑っていると、加奈子の手が動いた。人さし指が、ぴん、と伸び、唇に優しく押し当てられた。「黙って」のサインなのは明らかだ。

「今なら若松くんに、私の下着を見てもらえると思う。お願いしていい？」

「お願いだなんて、い、いいんですか？」

雅也が悲鳴をあげたが、加奈子は、しっかりと頷いた。

「私、男の人が苦手だったでしょ？　でも若松くんは、お化け屋敷からずっと身体が密着しても、全然、いやな感じがしないの。だから、私のコンプレックスである大きなバストを隠してくれないブラジャーであっても見てほしいの」

加奈子は言うと、「どこがいいかな？」と訊いてくる。雅也は慌てた。「えっと、えっと」と言いながら、きょろきょろと辺りを見渡す。

すると視界が観覧車を捉えた。

この遊園地では昔から、これが〝名物〟だった。ジェットコースターさえない施設だが、観覧車は非常に巨大で立派だ。周囲には高層建築物がないため、街を一望できる唯一の場所として人気を集めてきた。

(大きいってことは、一周する時間も長いってことだよな……)

雅也が思考を巡らせていると、加奈子も視線の向きなどで察したようだ。静かに身体を動かし、雅也の前に立った。

意図が分からず、雅也は目を見開く。すると、何とスカートに包まれた加奈子のヒップがどんどん近づき、最後はチノパンの股間に優しく触れた。

「ああっ……。加奈子先輩……」

雅也は思わず、はっきりとうめいてしまった。美少女のバストも素晴らしかったがヒップも負けていない。乳房の柔らかさと、太ももの弾力を兼ね備えたような、素晴らしい感触がペニスを直撃する。

「これだったら、一緒に歩いても、大丈夫だよね？」

女子高生は恥じらいながらも、口調はしっかりしている。

（加奈子先輩、どんどん大胆になってきている……。す、すごい）

突然、雅也の脳裏に、加奈子の姉である詩織の言葉が浮かんだ。

下着を見せるなど、〝友達〟としてはきわどいシチュエーションが続く。雅也の理性が保つか疑問だから、間違いが起きないように私が性欲を発散させてあげる——確かに詩織が予測した通りの状況になってきている。だが、雅也の心が激しく揺れ動いているのは、自分の性欲だけに原因があるのではない気がする。

清楚で、絵に描いたような美少女である加奈子は、意外に大胆なところがあるようなのだ。

考えてみれば、詩織は加奈子が自宅でオナニーに耽っていたと教えてくれた。

お嬢さまで、成績抜群の優等生は、学校の誰もが知らない〝もう一つの顔〟を持っているのかもしれない。そのことを姉の詩織は分かっているからこそ、ああいう形で釘を刺した可能性はある。

(お姉さんが、あれだけセクシーなんだから、妹の加奈子先輩にも同じ血が流れていても不思議はないよ……)

そんなことを考えていると興奮してしまい、ペニスがぴくん、と跳ねた。

すると加奈子が、ほんのわずかだが、ヒップを振ったような気がする。わざとかは分からないが、肉棒に甘美な電流が走った。

雅也が「うっ」とうめくと、まるでそれを合図にしたかのように、加奈子が前に進みだした。ヒップは前後左右に大きく動き、十五歳の勃起を撫でたり、さすったり、包み込んだり、少し乱暴にはじいたり、と自由自在に〝愛撫〟してくる。

(あ、あああっ! 詩織さんの手コキも気持ちよかったけど、これも、ああっ、す、すごすぎる!)

肉棒は既に限界を超えて膨らみきっている。竿の半分はズボンの布地に押さえつけられており、脈動すると苦しげに蠢く。

しかも亀頭から大量の先走りが出始めた。健康な高校生だから、当然の身体的反応ではある。だが、こんなにひっきりなしに漏れるのは初めてだ。たちまちトランクスが濡れてしまう。

（ど、どうしよう、チノパンに染みができてしまうかもしれない！）

たまらず雅也は「そんなに擦りつけると、人に気づかれてしまいます！」と泣き叫びそうになったが、周囲に人がいるので口を出すわけにはいかない。すると加奈子に静かな声で「もうすぐだから」と言われ、我に返った。

雅也は観覧車が目前に迫ってきていることに気づいた。ほっとするうちに、職員の近くに到着した。二人の高校生は、料金を払う。

「一周するのに一時間かかります。大丈夫ですか？」

確認され、雅也と加奈子は「はい」と揃って返事をした。

客は雅也たち〝高校生カップル〟しかいない。たとえ他人がゴンドラに乗っていても、二人の様子を覗くことはできないだろうが、やはり安心感は強まる。

雅也と加奈子は、職員の指示に従い、個室の中に入った。

並んで座るのではなく、向かい合う格好になる。観覧車がゆっくりと空に向かっているのが分かる。しばらくの間、二人は窓からの眺めを見つめていた。

空気は、あっという間に変わった。

さっき、雅也の目は加奈子の背中しか捉えることはできなかった。表情は分からないが、ペニスをヒップで刺激する加奈子の様子は楽しそうに思えることさえあった。

スカートの中に隠された柔らかな肉の動きで、そんなことを感じたのだ。

だが、今の個室は、かなりの緊張感で満たされている。その雰囲気に耐えられず、女子高生と男子高生は窓の外に視線を向けたのだ。

(どうしたらいいんだろう、やっぱり、僕がリードすべきなのかな……？)

雅也は額から汗を流しそうなほど、悩みだした。

お化け屋敷での〝勇気〟など、もう綺麗に姿を消していた。いつもの、内気で大人しい高校生に戻っていた。

眼下に拡がる光景は、住宅街だから一戸建てとマンションしか存在しないが、それでもなかなかの眺めだ。しかし、それを楽しむ余裕はないし、むしろ楽しんではいけないだろう。

勇気を出して、雅也はちらりと加奈子に視線を向けた。すると――。

何と、じっと正面を見つめている加奈子の美貌が目に飛びこんできた。いつの間にか、美少女は窓からの眺めを見るのをやめていたのだ。

(ど、どうしよう！　何かを言わなきゃ、何かを、喋らなきゃ！)

だが何も浮かばない。すると、女子高生が先に口火を切った。

「わ、私の、お、おっぱい、どうだった？　柔らかかった？」

美少女は恥じらいきりながらも、大胆なことを訊いてきた。雅也は当然ながら「えええええっ!?」と悲鳴をあげる。

（や、柔らかかったのは確かだけど、でも、やっぱり太ももに感じたような弾力もあったし、ぴちぴちに張った感じも最高だったし、えっと、えっと、な、なんて言えばいいんだろう！）

そもそも、美少女の乳房の感想を、本人に伝えるなど恥ずかしすぎる。それに加えて言葉が頭の中を猛烈に駆け巡り、収拾がつかない。

困り果てているのが表情に出てしまった。加奈子が更に説明を加えてくれる。

「今日はもちろん、お母様のランジェリーをつけているの。そ、それで、ブラはカップにちょっと工夫が施されていて、あ、あのね、その……。ごめんね、説明が難しいから、ちょっと待ってくれる？」

言い終わると、加奈子は目を伏せた。

美少女が羞恥心と、そして並々ならぬ決意を同時に感じているのが伝わってきた。

雅也の心臓は、これまでにないほど激しく跳ねる。

（加奈子先輩、すごく綺麗で、可愛くて、それに何より、とっても凛々しい！）

強い感動に打ちのめされていると、加奈子の指がブラウスのボタンに伸びた。

次の瞬間、時間が止まった。

現実感がゼロになり、夢の世界にいるようだった。雅也の視線は女子高生の胸元に吸い寄せられた。

　透き通るように真っ白な指が、ボタンをどんどん外していく。感動とか興奮という次元を超えてしまっている。

　加奈子は、極めて美しい所作で、ブラウスを脱いだ。

（ああ、これこそが、本物のお嬢さまなんだ！）

　親に金があるとか、地位が高いとか、性格が控えめとか、そんなことは関係ない。親にきちんとしつけられ、礼儀作法を身につけていることが生む清楚さなのだ。

　しかも、そんな美少女が素肌をさらすのだから、男の本能は否応なしにかき立てられていく。

　雅也が息を呑むうちに、とうとう加奈子のブラウスは脇に畳まれた。

　普通なら「ぎゃあ」とか叫んだかもしれない。だが、雅也は「……！」と絶句しただけだった。それほど圧倒的な光景だった。

　大きい。あまりにも大きすぎる。

　母親の玲子がＧカップなのだから、巨乳には慣れているはずだった。しかも加奈子はＦカップとワンランク小さいのだ。

　ところが、バストの印象は、身体全体とのバランスで、全く違ったものになる。

　玲子のプロポーションは見事だが、それは成熟した肉体と大きなバストが釣り合っているからだ。しかし、加奈子の身体は胸元以外は極めて華奢だし、ボディラインは紛れもなく少女のものだ。若々しくみずみずしいが、ある種の〝硬質さ〟が存在するのは事実だ。

（だ、だから、大きなバストがいっそう、目立ってしまうんだ！）

バストの〝内容〟も好対照だ。

玲子も加奈子も、どちらも極めて柔らかそうだ。そういう意味では〝優しさ〟を感じさせる乳房なのは間違いない。鷲づかみにしたいというより、頬を密着させて甘えたくなる。

ところが、玲子の場合はなだらかなラインで膨らみを生んでいるのに対し、加奈子は急角度で上がっていく。つまり美人デザイナーの場合は、いわゆる「お椀型」の乳房であり、美少女は正真正銘の「ロケットおっぱい」なのだ。

細い身体の上に、どかんと張りだすような巨乳が誇らしげに存在感を主張しているのだから、おっぱい星人である雅也にはたまらない光景だった。夢見ていた理想のバストがいきなり現実化してしまったのだ。

そんな十七歳の乳房を包むブラは、淡いマリンブルー。

純白と同じように清純なイメージをもたらしながら、赤と黒などに感じるセクシーさも抜群だ。真面目なお嬢さまが、それも極めつきの美少女が〝背伸び〟して大人の下着を身につけたという感覚が伝わってきて、これに悩殺されない男はいないだろう。

しかしデザイン自体は、あまりに過激だ。

まず、全体のパーツが非常に細い。肩紐は大げさに言えば「線」でしかない。カップの周囲も同じだ。幅のないラインが、信じられないほど豊満な加奈子のバストを包んでいる。

そして何と、ラインの内側は、何も存在していない。

ブラのカップが消えてしまっているのだ。だから雅也の日は、加奈子の素肌を捉えていた。裸のFカップは、あくまでも真っ白で、いかにも十七歳らしいつやつやとした輝きに満ちている。

だが、バストの中央にも、一本のラインが走っている。

真ん中になると、それが大きく拡がり、丸い形となって乳首と乳輪を隠している。母親の玲子が好きなデザインだ。バストの中心を隠すことで、男の想像力を喚起、性欲を極限までに高める——。

これまでに見たものは、例えばシースルーの生地を使って乳房を透かしていたが、こちらは丸見えになっている。そのインパクトは青天井だった。

雅也は口をぱくぱくさせながら、美少女のブラを凝視する。すると、美少女の声が耳に届いた。口調は緊張をくっきりと伝えているが、どこか上ずったところがある。

まるで興奮しているようで、雅也は驚いて顔を上げた。

「説明が下手で、ごめんね。このブラにも当然ワイヤーが使われているんだけど、最小限に抑えてあるの。だから胸が男の人に当たると、柔らかな感触が伝わります、って、お母様が雑誌で仰っていて……。だから、若松くんに訊いたの」

「や、柔らかかったです。本当に、すごかったです」

雅也は反射的に答えていた。美少女が何もかも正直に打ち明けてくれたのだ。それに応えないわけにはいかない。羞恥心などは吹き飛んでいた。

十七歳の女子高生はブラウスを脱ぎ、巨乳を包むブラジャーを見せつけている。それを十五歳の男子高校生が凝視し、ズボンを激しく膨らませる。しかも場所は観覧車の中だから、ある種の〝野外露出プレイ〟でもあるのだ。

淫ら極まりない状況のはずなのに、二人の間には初々しさが漂う。処女と童貞だということもあるが、やはりどちらも真面目なのだ。

「じゃ、じゃあ、パンティも見て、くれる?」

加奈子がかすれきった声で言い、雅也は夢中で顔を縦に振る。すると空気が、すっと動いた。美少女が立ちあがったのだ。

ワイヤーをぎりぎりまで減らしたブラジャーは、それだけで、ぷるんぷるんと揺れる。加奈子の巨乳は、柔らかさと弾力のバランスが抜群なのだということが分かるし、何よりもめちゃくちゃに興奮させられる。

（何だか、加奈子先輩が更に、どんどん綺麗になっている気がする……）

熱い視線を浴びせると、美少女は全身から色気を発散させるのが分かる。ピュアな美少女が、その美徳を失うことなく、セクシーさを学んでいる。

陶酔、という言葉さえ浮かぶほど、加奈子はこの状況に夢中になっている。年下の少年の前で服を脱ぐことに喜びを感じているのだ。美少女がストリップに興奮しているのだから、そのインパクトは比類ない。

加奈子はスカートに手を伸ばし、ホックを外す。

ウエストを回る生地が緩み、女子高生の下半身があらわになっていく。最初に飛びこんできたのは、マリンブルーの鮮やかな輝きだった。

するする、とスカートが落ちていき、今度の雅也は「あああっ！」と感嘆の声を張りあげる。

あっという間に、美少女のパンティが、何もかも見えていた。

ブラと同じデザインだ。ラインは細く、生地はできる限り面積を小さくしている。ウエストを幅の狭いラインが走り、真ん中をやはり細いフロント部分が縦断する。女子高生のヘアを隠すには、ぎりぎりの大きさだ。

加奈子は泣きそうな顔をしながら、身体を半転させる。

雅也が息を呑むうちに、美少女のヒップが視界いっぱいに拡がった。パンティの後ろ側はオーソドックスなＴバック。生地はフロント部分ほど極細ではないが、それでも白いヒップはほとんど裸同然だ。

Ｔバック女子高生――。

妄想が現実になってしまったと雅也は思った。成績トップの伝統高に通う美少女が、これほど過激なランジェリーをつけているのだ。そのギャップが激しい興奮を生む。

（あああっ！　僕は、おっぱい星人のはずなのに、加奈子先輩のＴバックは、綺麗なお尻は、ずっとずっと、永遠に見つめたいと思っちゃうよ！）

しかし、加奈子は身体の動きを止めない。三百六十度、綺麗に回転すると、再び雅也と見つめあう格好になった。

「ど、どう、私のランジェリー……。お母様の作品を、ちゃんと着こなせてる？」

「完璧です！　母親はもちろん、他のどのモデルさんより綺麗です！」

雅也は力を込めて断言した。母親との比較は本音だったが、詩織のことを言わなかったのは、姉妹を較べることを避けたためではなかった。加奈子の美しさに、全く忘れてしまっていたのだ。

何でも話す姉妹といえども、さすがにあのことは内緒にしているらしい。加奈子は雅也の言葉を素直に受け止め、身体全体を赤く染めて照れた。

（これで、今日の僕の役目は、終わったんだ……）

雅也の心にほっとした気持ちと、加奈子の下着姿が見られなくなるという無念の思いが、同時に押し寄せた。美少女は服を着て、いつものお嬢さまに戻り、雅也と別れて帰宅するのだ――。

だが、少年の予想は、まるで外れていた。

加奈子は声だけでなく、伸びやかな肢体を震わせながら、下着姿のまま雅也に話しかけたのだ。

「若松くん、あのね、私の、ば、バストを、さ、触ってくれない？」

不意をつかれた雅也は「えええええっ⁉」と激しく動揺した。

今日の目的は全て達成したはずだ。加奈子のランジェリー姿は抜群に似合っているし、雅也がどれほど興奮しているかも明らかになった。わざわざ乳房を触る必要はないはずだ。

雅也の脳裏には、加奈子の姉である詩織が「加奈子とは友達でいてね」と頼んだ場面が蘇った。それに同意したからこそ、セクシーな女子大生に手コキで導かれるという信じられない幸運に恵まれたのだ。

だが男子高校生は「結構です」とか「おっぱいを触る必要はないでしょう」と発言することはできなかった。ただ口をぱくぱくさせるだけで精一杯だ。

「あ、あの、変な気持ちからじゃないの……。ただ、このブラジャーを触ったら、若松くんがどんな感想を持つか、それが知りたいの。しょ、将来、もし私がデザインに関わるようなことがあれば、役に立つと思うし……」

もし雅也が冷静だったら、加奈子の喋り方には〝弁解〟の色が濃いことを見抜くことができただろう。相手を説得するためでなく、自分を納得させる〝口実〟を探しているのだ。だが十五歳の童貞に、そんな余裕は全くない。

（そ、そっか、僕もまだ、加奈子先輩の役に立てるんだ……）

内気で大人しい少年は、年上の美少女の言葉を素直に受け止めた。それは雅也の純真さを示していると同時に、無意識的なものではあったが、詩織への〝言い訳〟として機能した。

しかし次の瞬間、雅也の頭の中を巡る思考は、全てことごとく打ち砕かれた。加奈子が瞳を閉じ、胸を反らすようにしたのだ。

（あ、あああっ！　か、加奈子先輩が、と、とっても、可愛い！）

最高の美少女が、けがれなきお嬢さまが、雅也に向かってバストを自由にしていいと告げているのだ。それだけでも凄まじいインパクトなのに、目を閉じている表情はあまりにも可憐だった。アイドルがドラマや映画でファーストキスをする直前のように見え、脳天が沸騰する。

雅也はもう、何も考えられなかった。身体が勝手に動いた。

ぶるぶると震える手を、加奈子の過激なブラジャーへ伸ばしていく。生地が極細で、乳房のほとんどが丸見えになっている意味を、初めて全て理解した気がした。

下着の視覚的魅力だけでなく、バストもブラが持ちあげているため、乳房そのものが更に魅力を増す。まるで男性に向かって捧げられている宝物のようで、だから興奮だけでなく感動も生むのだ。

しかも触れれば、生地が邪魔する部分はぎりぎりまで削られている。裸のバストに指を這わせるのとほぼ変わらないのだ。雅也は母親の玲子が「裸よりも完璧なおっぱい」を目指したのだと分かった。

雅也は、ぶるぶると震える手を、加奈子に向かって伸ばしていく。

激しい興奮は緊張を生み、それは雅也の呼吸さえも止めてしまう。いや、心臓も動いていないのではないかと本気で考えるほどで、美少女のバストを触るということは意外なほどに〝苦痛〟な行為だった。

耐えられず、とうとう雅也は手を宙に浮かせたままにしてしまった。どんなに頑張っても筋肉を動かすことができない。

すると、加奈子が優しく雅也の手を握った。そして形が抜群の唇が動いたが、そこから発せられる声は「駄目、若松くん！」という厳しい叱責だった。童貞の少年は「はあっ！」とうめき声を上げたが、美少女は躊躇せずに引っぱっていく。

（当たる！　僕の手が、加奈子先輩のおっぱいに、当たっちゃう！）

歓喜しているのか、悲鳴をあげているのか、雅也は自分で自分の心が分からない。

頭がスパークし、脳内で火花が飛び散るうちに、手がマリンブルーのブラジャーに到達してしまっていた。

「加奈子先輩！　あ、あああああっ！　お、おっぱいが、おっぱいが！」

雅也はわめいてしまったが、言葉は意味を成していない。人生で初めて触った女性のバストは、あまりに気持ちよすぎた。

「いいの、若松くん。私のことを助けてほしいの。私のコンプレックスを直して、お願いだから！」

加奈子に懇願された雅也は目を見開く。

五本の指が、しっかりと加奈子のバストに埋もれている。

人さし指と中指は、辛うじてブラの生地に乗っている。だが、指先にはかすかな膨らみが感じられる。

（これは、きっと加奈子先輩の乳首なんだ！　しかも、それが大きくなっている！）

男性のペニスのように、女性は性的に興奮すると乳首が勃起する――そのことを雅也は知識としては知っていた。だが、現実のものとして遭遇するのは全く次元が違う。

まさに夢としか思えない、信じられない瞬間だった。

生地が存在する場所でさえ、これほどの快感をもたらしてくれる。となれば、残りの指は何にも覆われていないバストを触っているのだから、その気持ちよさは童貞の想像を遥かに超えていた。

雅也は指を動かしていない。ただ加奈子の乳房に当てているだけだ。なのに全身には電流が走り抜けていて、頭は痺れっぱなしだ。

ただただ、呆然とするばかりの雅也を見て、加奈子が動いた。

その時までは、雅也を見下ろすようにして立っていたのだが、足を前に進めて近づいてきた。雅也の座る席の直前にまで来ると、そのままゆっくりと腰を下ろす。

（あああっ、詩織さんと同じ格好になった！）

手コキをされた時の記憶が、雅也に蘇る。

セクシーな女子大生も、こうやって床にしゃがみ、指を使ってペニスをしごきまくってくれた。その妹である女子高生も今、全く同じ体勢になっている。

やはり雅也は加奈子のブラを見下ろす形になっていて、その奥でもパンティの股間が圧倒的な存在感を主張している。類似した状況が雅也の脳裏に「姉妹丼」という言葉を連想させる。甲乙付けがたい年上の美女二人と、これほどまでに淫らに戯れることができるというのは一体、どれほど幸運なのだろうと驚く。

「手を、動かして、雅也くん……」

かすれきった声で、加奈子が言う。その口調は懇願という印象を受ける。何と美少女が自分から乳房を揉めと頼んできたのだ。

雅也は、ごくりと唾を飲み、そして息を止めながら手を動かした。

「あ、あああああっ！　な、なんて柔らかいんだろう！」

あまりの興奮に、雅也は心の中で叫ぶのではなく、実際に声に出して感激を表現してしまった。

指は痺れたようになってしまっている。少し力を入れると、カップに覆われていない裸の乳房の中に、むにゅっと埋もれていく。だが、反発して元に戻ろうとする勢いも相当なもので、だからこそ、ぽにょんぽにょん、という妙なる感触が生まれる。

雅也はすぐ、夢中になった。

右手を激しく動かし、女子高生のFカップを堪能する。五本の指をいっぱいに開き、揉んで、揉んで、揉んで、揉みまくる。

「あ、あああっ……。わ、若松くんったら、い、いやあっ……」

言葉だけなら拒否していることになるが、加奈子の声は甘く、死ぬほど色っぽい。感じてくれているのは間違いなかった。

迷わず、更に指の動きを激しくしてみる。特に人さし指と中指を開き、間に乳首が入るようにする。唯一、姿を隠している場所ではあるが、勃起は更に激しくなっているようだ。マリンブルーの生地を押せば、確かな手応えが返ってくる。

それがたまらなくいやらしい。雅也は夢中になり、卑猥な突起を挟むようにしてみれば、たちまち加奈子は「あああっ！」と、あえぎ声を漏らしてしまう。顔を上げて雅也を見つめ、あまりの快感に悩乱した表情をはっきりと見せる。

そして、形が抜群の唇から、とんでもない言葉が漏れだした。

「ああっ、若松くんのオチンチンが、ズボンの中でぴくぴくってしてる……。ああっ、私のおっぱいに喜んでくれてるのが、はっきりと分かる。嬉しいよ、若松くん、あああっ、私、すごく、嬉しい……」

観覧車のゴンドラは、たちまち淫靡な空気で満たされた。

桁違いの美少女と、ぱっと見は冴えない男子高校生と、そのルックスは好対照だが、性格は驚くほど似ている。どちらも内気で、コンプレックスに悩まされている。

だから、心は惹かれあうところがある。友達以上、恋愛未満という曖昧な感情だが、それでも〝絆〟はしっかりと結ばれていて、あっという間に淫らな行為に熱中してしまう。

雅也はそれを感じ取り、根本から羞恥心を捨て、素直になった。自分がいやらしいことばかり考えている、性欲が極めて旺盛な十五歳の童貞だということを隠そうとしなくなったのだ。

まず男子高校生は脚を大きく開き、腰を前に突きだした。

自分の股間が、どれほど勃起しているのか、先輩の女子高生に見せつけた。しかも、乳房を愛撫している手は絶対に休めない。

加奈子も恥じらってはいるものの、ペニスへの興味を正直に打ち明ける。

「若松くんのオチンチン、お願いだから、私に見せて……」

美少女の唇から「オチンチン」という言葉が飛びだした。姉の詩織と戯れている時にも感じた興奮が全身に襲いかかるが、雅也は唇を噛みしめて耐えた。そして顔をゆっくりと縦に動かすと、空いている左手で加奈子の指を握った。

さっき加奈子がしてくれたことを、今度は雅也が実行した。

手を引いて、女子高生の指をズボンに導く。先輩がチャックを開けて下さいという意思を示したのだ。

加奈子の指も震えていた。だが、迷いは感じられなかった。金具を握り、それを下に引っぱっていく。

そして、とうとう、ズボンに美少女の指が入っていった。

(加奈子先輩が、僕のオチンチンを握ってくれる!)

雅也は目を見開いて見守るうちに、女子高生の指はトランクスの中に到着した。

恐る恐る、という表現がぴったりの動きだったが、きちんと雅也の竿を握り、ズボンの外へ持ち出そうとする。

「ああああっ、か、加奈子先輩！」

「あああああっ、わ、若松くん！」

二人の高校生は同時に、あまりに淫らな声を漏らしてしまう。

雅也はペニスを触られた気持ちよさから、加奈子は興奮した雅也から、しっかりと乳房を握りしめられてしまったため、共にあえいでしまったのだ。

とうとう、雅也の肉棒が、加奈子の視線を浴びることになった。加奈子が泣きそうな声で言う。

「お、男の人って、こうやってオチンチンを大きくしたままだと、大変なんだよね？歩きにくいのはもちろんだけど、せ、性欲が刺激されるから、せ、精神的なストレスが大変なことになるんだよね？」

これまでなら、雅也にとっては答えにくい質問だった。だが、もう隠しても何も意味がない。自分がスケベだということを相手は知っているし、信じられないことに、溢れる性欲を示すことが、男子高生の〝使命〟だからだ。

「そ、そうですね、こ、こうなっちゃうと、オナニーをしないとおさまりがつかないと思います……」

雅也は勇気を振り絞り、自慰を話題に持ち出した。さすがに美少女の前でペニスをしごこうとは願わなかったが――そうすることで加奈子が喜ぶのなら頑張る気持ちはあったものの――観覧車を降りたら、男子トイレに走ろうと決めていた。

ところが、加奈子は心配そうな表情で質問を重ねる。

「それで、若松くんは、だ、大丈夫なの？」

「だ、大丈夫かと訊かれても、困っちゃいますね……。え、ええ、でもオナニーをすれば、このオチンチンは小さくなるはずです」

加奈子はペニスと雅也の顔を交互に見つめると、意を決したように唇を開いた。表情は極めて真剣で、その美しさに雅也の心臓が跳ねる。

「あ、あのね、私、できるかどうか分からないけれど、若松くんを助けてあげたい」

「助ける!?」

「そういう言い方って変なのかもしれないけど、他に思い浮かばなかったから……。つまりね、あのね、その、わ、若松くんのオチンチンを小さくするってこと。だ、だから、えっと、えっと、何て言えばいいのかな」

美少女は困り果てると、突然に瞳を閉じた。そして「こ、こうしたいの！」と叫ぶと、手を猛然と動かし始めた。

「う、うわああっ、か、加奈子先輩、い、痛いですっ！」

雅也は悲鳴をあげた。

女子高生はあまりにペニスを強く握り、あまりに激しく動かしてしまっていた。皮がちぎれそうに引っぱられて、快感どころではない。

「ご、ごめんなさい、若松くん！」

「い、いいえ、全く大丈夫なんですけれど、あの、その……」

加奈子が、ここまで献身的に尽くそうとしてくれているのに、まさか〝ダメ出し〟をするわけにもいかない。雅也は顔をしかめながら、必死にフォローする。

「若松くん、ど、どうしたらいいの？」

「あの、もっと優しく、もっとゆっくりで、だ、大丈夫です」

「こ、こうかな？　こうやって触って、こうして上にして、下にして……」

「あ、あああぁっ、か、加奈子先輩！」

ほんの少しアドバイスしただけで、女子高生の手コキは信じられないほど進歩を見せた。ペニスを握る指の握力も適切だし、溢れる先走りを利用してリズミカルに竿の全てを愛撫し尽くす。たちまち雅也は悩乱してしまう。

（僕は、加奈子先輩と詩織さんの両方に、オチンチンを可愛がってもらっているんだ！本当に、信じられないよ！）

雅也の視線は、美少女の指に集中する。

姉妹とも真っ白で、美しく伸びた指だ。強烈に膨れあがった肉棒との対比もエロティックだし、手コキの〝流儀〟が違うことも興奮させられる。

女子大生の詩織は、とにかく愛情が深い。ペニスを慈しむように撫でさする動きは、まさしく〝年上のお姉さん〟らしい。

一方、女子高生の方は、ひたむきにペニスに挑んでいる。表情だけでなく、手の動きから、美少女がペニスに畏れと憧れを持っていることがよく分かる。脈動する肉棒を怖がりながらも、自分の愛撫で膨張していることが嬉しそうなのだ。

加奈子も年上なのだが、同い年か年下に思えることもある。何といっても雅也はゴンドラの座席にふんぞり返り——そんなつもりはないのだが、そうするのが最も適切な姿勢なのだ——脚を開ききって女子高生の愛撫を堪能している。

それはある意味、やはり詩織がS的で、加奈子がM的ということなのかもしれなかった。姉妹の性格の違いが性技にも現れているのだ。

「加奈子先輩、も、ものすごく気持ちいいです！」

雅也は巨大な官能のうねりに翻弄され、助けを求めるように美少女の名前を呼ぶ。そして無意識のうちに、バストを握っている右手を激しく動かしてしまった。

「あ、あああっ！　だ、駄目だよ、若松くん！　そ、そんなに、おっぱいを触ってくれたら、わ、私も気持ちよくなっちゃって、あああっ、手が動かせなくなっちゃうよ、若松くんを助けてあげなきゃいけないのに！」

女子高生はペニスをしごきながら、美しい肢体を淫らにくねらせる。バストの愛撫で人生初の性感に目覚めてしまったのだ。

十七歳の美少女は、下着しか身につけていない。指を動かすだけでも、ブラジャーは左右にゆさゆさと揺れ、それが死ぬほど色っぽい。おまけにブラが動くことで、Fカップが雅也の手に〝衝突〟してしまうのだが、その感覚もたまらない。

視覚的なインパクトは他にもある。

加奈子は前屈みになっているから、ヒップを突きだす格好になっている。雅也の視界にはTバックが入り込んでいるのだ。しかも身体をくねらせるから、Tバックの縦ラインは股間に食い込んだり、たわんだりする。

圧倒的な官能に襲いかかられた雅也は、大量の先走りをペニスから迸らせた。

それは射精かと思うほどの量で、たちまち肉棒は濡れきってしまう。そこを美少女の手が上下するのだから、ペニスは「ぐちゅぐちゅ」と淫らな音を立てる。

たちまち雅也は、激しいエクスタシーに追い詰められた。

「もう、僕は限界です、加奈子先輩！　ああぁっ、い、イッちゃいそうですから、お願いだから逃げて下さい！」

「あ、あああっ！　に、逃げるって、どういうこと、若松くん⁉」

「精液が、精液が出ちゃいますから、そのままにしていると、顔とかにかかっちゃうんです、だから、身体を離して下さい、お願いです！」

「いいの、若松くん。私、若松くんのイクところ、この目でちゃんと見ておきたいの。あああっ、そ、それも、ランジェリーデザイナーになるためには必要な、べ、勉強だと思うから、だから、このままイッって！」

「そんな、そんなこと、できな……あああっ！　加奈子先輩！」

「あああああっ、若松くんの指が気持ちよすぎて、わ、私も、私もイッちゃいそう！」

「え、ええええっ⁉　あ、あああああっ、加奈子先輩！」

自分が憧れの先輩を絶頂に導ける——突然に現れた可能性に、雅也は興奮の際に追い詰められた。四肢がばらばらになりそうなほどの衝撃を受けた。

「加奈子先輩、イキます、で、出ちゃう、あああああっ！」

「若松くん、私も、私も、い、い、イクぅぅぅっ！」

先に達したのは、加奈子だった。

バストの愛撫でエクスタシーを迎え、肢体をわななかせて前に崩れ落ちていった。

もちろんペニスは握ったままだ。

次の瞬間に、雅也の肉棒が破裂した。

精液はペニスから炸裂したとは思えなかった。もちろん、それが医学的には正しいのだが、下半身の全てからザーメンが湧き上がったように思えた。

どぴゅっ、どぴゅっ、どぴゅ――――っ！

亀頭が膨れあがり、濃く、大量の精液を噴き上げた。その勢いはとんでもないレベルで、白濁液は垂直に上昇していく。

そこに加奈子の美貌が接近した。

美少女は絶頂感に翻弄されながらも、目はきちんと開いていた。少年が射精する瞬間を目の当たりにしたい、と淫らな好奇心を抑えられなかったのだ。

自分に向かってくるザーメンを見た加奈子に、躊躇はなかった。

あの美しい唇を開ききると、口の中で射精を受け止める。しかも、それだけにとどまらず、身体が崩れ落ちることを利用して顔全体を雅也の股間に向けた。

雅也はまだ、射精を続けている。

全体では一回の射精になるのだが、あまりに勢いがあるので、間歇的に噴き上がってしまっていたのだ。加奈子が手コキを止めないことも大きい。

加奈子は雅也の射精を飲みながら、唇でペニスを包み込んだ。

つまり、紛れもないフェラチオだったのだ。美少女は夢中で少年のペニスを飲み込み、喉の奥で射精を受け止める。いや、むしろ積極的に吸っている。雅也の白濁液を飲み干しているのだ。

（な、何か、感覚が違う……。温かくて、優しくて、す、すごく気持ちいいものが、僕のオチンチンを可愛がってくれている……）

ほとんど気絶寸前という状態だった雅也は、意識を取り戻した。

弓なりになっていた身体を戻し、目をいっぱいに開いた。すると、とんでもない光景が視界に飛びこんできた。

「か、加奈子先輩！　そ、それは僕のオチンチンです、あ、あああぁっ！」

フェラに熱中している美少女は、何も返事をしない。

その代わり、じゅるるるる、という吸引音を激しくさせた。清楚な美貌では頬が完全にへこんでしまっている。

加奈子はうっとりとした表情で、根元から亀頭の先までを吸い尽くす。

最も上まで達すると、ちゅぽん、と唇から離した。何と雅也のペニスには一滴の精液も残っていない。

射精したばかりの敏感なペニスを口に含まれ、尿道に残った精液さえも啜りとられてしまう——雅也にとっては、射精したことが信じられないほど、嵐のようなエクスタシーがずっと連続して続いている。

それは四肢がばらばらになってしまいそうなほどの快感だった。あまりにも気持ちよくなると、そこには苦痛も生まれる——あくまでも甘美な苦痛ではあるものの——

ことを雅也は知った。

苦悶の表情を浮かべる雅也に、加奈子が声をかける。

「若松くん、あのね、すごく、美味しいよ」

「加奈子先輩!?」

「ああっ、私、どうしちゃったんだろう、こんなにエッチになっちゃうなんて。とっても恥ずかしいけど、でも、とっても、嬉しい。何だか生まれ変わった気分」

美少女は呟くと、再び唇でペニスを包み込む。

「加奈子先輩、あああぁっ、そんなに舐めちゃったら、また、あああっ!」

童貞の肉棒は、全く小さくならない。それどころか、更に膨張を増してしまったようだ。根元が甘美な痛みで疼いている。また精子がペニス全体に充溢していくのが、はっきりと分かる。

女子高生が過激なブラとTバックだけという格好で、十五歳の少年のペニスにむしゃぶりついている。その光景だけでもたまらないのに、雅也の肉棒には美少女の唇と舌の感触が襲いかかってくる。

(こ、これがフェラチオ! あああぁっ、なんて気持ちいいんだ!)

雅也は、加奈子が自分のペニスを心から愛してくれていることを知った。ならば、もう余計な気遣いは無用だ。己の欲望に忠実になればいいのだ。

「あああっ、ま、またイッちゃいます、加奈子先輩！」

いくら性欲が旺盛な雅也でも、連続して二回も射精をするのは初めてだった。自分でも驚くしかないが、加奈子と淫らに戯れれば、これぐらいのことが起きても不思議はなかった。

「先輩の口に、たくさん出しちゃう！　あ、あああっ、またイク、イク、イク！」

雅也は本能的に腰を振っていた。

椅子に座っていて、美少女の唇はペニスの真上にあるから、いわば騎乗位の格好になる。腰を持ちあげるようにして肉棒を女子高生の口に突進させる。

加奈子は全く嫌がらず、少年の暴走を完璧に受け止める。あっという間に雅也は臨界点に達した。

どぴゅっ、どぴゅっ、どぴゅっ、どぴゅ――――っ！

雅也は「ああああ――っ！」と絶叫しながら、二発目の射精を加奈子の口腔にたたき込んだ。加奈子は、うっとりとした表情で目を閉じ、雅也の生命の迸りを喉の奥へと流し込んでいく。

第三章　究極パンティ女子大生との最高初体験

月曜の早朝、雅也は目を覚ました。

すぐに勢いよく上体を起こすと、サイドテーブルに置いていた携帯を握る。そしてメールフォルダを開ける。

昨晩、遊園地のデートの後、加奈子が送ってきてくれたメールだ。何度も読み返して寝てしまったが、起きたら、また目を通したくなる。

「今日は本当に、本当に、ありがとう。若松くんのおかげで、どんどん女性として成長しているのが分かります。

いつもお願いばかりで悪いけど、月曜は朝早く、学校に来てくれませんか？

もっともっと、お母様のランジェリーをつけたいんです。そして、若松くんがどう思うか、教えてくれると助かります」

本能的に再び読み出そうとするが、時間があまりない。雅也はジャンプするようにベッドから飛びだすと、真っ直ぐバスルームへ向かった。

高校には、まだ誰もいなかった。

朝練をやっている運動部があるのではないかと心配していたのだが、これほどの進学高となると、それほど熱心な部は存在しないらしい。

雅也は緊張と興奮を同時に感じながら、加奈子の指示に従う。

向かう先は体育館。昨年に完成したばかりの施設で、一階は講堂兼体育館だが、二階はプールになっている。そのため一階の奥には女子更衣室が設置されている。加奈子は雅也に、そこへ来るようにメールしていたのだ。

全力でダッシュして到着すると、勢いよくドアを開けた。

手前は三和土になっていて、ここで靴を脱ぐらしい。中は広いロッカールームになっていて、仕切りはない。だからすぐ、視界に美少女の姿を捉えた。

(ああっ、加奈子先輩の私服も素敵だったけど、やっぱり、セーラー服が最高かもしれない!)

雅也は感動で身体を震わせながら、ぎこちない動作でランニングシューズを脱ぐ。

それを見た加奈子が、清純極まりない微笑を浮かべた。

慌てながら更衣室に上がると、加奈子と向きあう。

「おはよう、若松くん」

「おはようございます、加奈子先輩」

二人は頬を赤らめながら挨拶を交わす。

「若松くんに伝えたいことがあるの。あのね、日曜に帰宅して、メールしたでしょ?」

「はい、今日、ここで会うことを約束したメールですよね」

「うん、あのメールを送ったら、すごくデザインしたくなって、たくさんのスケッチを描いたの。下着姿を見てもらってから、男の人に見てほしいと思うようなセクシーなデザインのイメージがどんどん浮かんでくるの、とっても」

「それは、すごくよかったじゃないですか!」

「何てお礼を言ったらいいか、分からないぐらい。本当に、ありがとう!」

「いや、ありがとうだなんて、そんな」

「だから……ね」

加奈子の声が急に潤みを帯びたものとなり、雅也は「だから……?」と呟き、生唾を、ごくり、と飲み込んだ。

一気に更衣室の空気が淫らなものとなり、美少女が言う。

「だから、もっと、もっと雅也くんに下着姿を見てもらえれば、創作意欲がどんどん湧いてくると思うの。だから……」

雅也の目の前で、加奈子がセーラー服の上着に指を伸ばす。

上着はサイドにホックがついているらしく、それを外すと女子高生は両脇を持って上へ持ちあげた。どうやら頭からかぶるだけのものらしい。

加奈子はTシャツとプリーツスカート、脚はハイソックスという格好になった。だがTシャツは純白だから、中のブラジャーが透けてしまっている。

色は淡いグリーン。

(ああっ、色は分かったけど、先輩のブラとパンティは、どんな形なんだろう⁉)

雅也の心臓が鼓動のスピードを増すうちに、加奈子はTシャツに手をかける。

あっという間に、Fカップのブラが姿を現した。雅也は感激して「あああっ」とうめく。加奈子は瞳を潤ませながら、誇らしげに胸を突きだした。

しかし、美少女は滑らかな動作を止めようとしない。どうやらセーラー服を全て脱いでしまうつもりのようだ。

雅也はプリーツスカートに視線を集中させた。加奈子は恥ずかしがりながらも、手を腰に持っていった。ホックとチャックが外され、するりとスカートが落ちる。

「き、昨日の下着よりも、更に過激だけど……。ど、どう?」

興奮と感動で胸が一杯になり、雅也は万感を込めて「綺麗です」と呟いた。加奈子は「ありがとう」と礼を言う。

今日の主役は、間違いなくブラジャーだ。

グリーンは蛍光性があって華やかだ。モチーフに使われているのは、四つ葉のクローバーらしい。繊細な刺繍がふんだんに使われていて高級感が強い。雅也の母親である玲子が好む〝ゴージャスな上品さ〟だ。

しかし、それだけなら、他社の高級ランジェリーでも目にすることができる。

玲子の求める過激さは、やはりカップに表現されていた。遊園地では縦のラインによって乳輪と乳首を隠していたが、今回は横のラインだ。

そのラインだが、遊園地の時のものより細い。雅也は身体全体が熱くなるのを感じながら、女子高生のFカップを凝視する。すると乳房の中心に、ブラのグリーンとも、素肌の白さとも異なる〝第三の色〟が存在するのを見て取った。

色はピンク。少し淡く、それが可憐な印象をもたらす。だが衝撃は桁外れで、たちまち雅也の脚ががくがく震えてしまう。

（あああっ、間違いない、あれは絶対に、加奈子先輩の乳輪だ！）

更に目を凝らすと、詳細が明らかになった。これほど魂を揺さぶられるランジェリーは存在しないかもしれない、と思う。

女子高生のFカップを横断するグリーンのライン。

ラインの幅が、あまりにも絶妙だった。乳首は隠し、乳輪はあらわにする。

しかも、ブラの緑、素肌の白、そして乳輪のピンクが対比を生む光景は、あまりに美しく、かつ、極めてエロティックだ。

衝撃は、それだけではない。

生地は細いだけでなく、薄さも追求されているらしい。だから加奈子の乳首が浮きあがってしまっていた。

(形が、はっきりと分かるよ！　この間は触っただけで、見ることができなかった、加奈子先輩の乳首だ！)

上品な緑色のブラジャーは――ただ横に走るだけのラインを、そう呼ぶことができれば――左右にぷっくりとした膨らみが見えてしまっている。美少女の乳首が勃起していて、生地を持ちあげているのは明らかだった。

脇役となってしまったパンティだが、決してレベルが低いわけではない。

玲子はブラの過激さとバランスをとるため、あえてパンティを控え目にしたのだろう。ただし、刺繍の精緻さはブラジャーを超えている。四つ葉のクローバーが美少女の股間で群生していて、その華麗さは圧倒的だ。

股間を切れあがるラインは、まさしくハイレグ。

ただでさえ脚の長い加奈子だが、ランジェリーが更にプロポーションを見事なものにしている。超一級のレースクイーンのようだ。

加奈子は、雅也の視線を楽しむ余裕があるようだ。

もちろん、ひたむきさや可憐さ、恥じらいの魅力は失われていない。どれほど過激なランジェリーに身を包んでも、ストリッパーのようにセーラー服を脱ぎ捨てても、女子高生は筋金入りのお嬢さまであり、清楚な美少女なのだ。

淫らさと可憐さという、普通なら絶対に両立しない魅力を発散させながら、加奈子は身体を半転させようとしている。

（これだけ上品なパンティだったら、後ろはTバックじゃないかもしれない……）

雅也は興奮しているとはいえ、日曜のように頭がショートするような事態には陥っていない。思考を巡らせる余裕は保っている。

ゆっくりと、だが確実に、加奈子は背を向けていく。

ところが、ちょうど美少女が背中を向けた瞬間、雅也は「うわあぁっ！」と叫んでしまっていた。さっきまでの落ちつきは消え去っていた。

脇役だと思っていたパンティは、背後側では紛れもない主役だった。

予想に反して、形はTバックだった。腰を回るラインは、バストを横切っているものと負けないほど細い。

その中央——つまり加奈子の腰の真ん中——には、四つ葉のクローバーが一輪、見事に咲き誇っている。女子高生の真っ白な素肌が大地となり、緑色は圧倒的に映えている。

しかもクローバーから下に伸びるラインは、距離を伸ばすたびに細くなっている。

雅也の脳裏に、玲子が社長室で見せつけたパンティが浮かんだ。

あの時、雅也の母親は、生地が極細のTバックを穿いていた。そして、玲子と加奈子は会話の中で、そんな下着のことをGストリングスと呼んだ。

幼い時から女性の下着に囲まれて育った雅也でも、Gストリングスという名称は初耳だった。そして二人の会話から、生地のラインに違いがあるらしいと理解した。比較的太いのがTバックで、細いのがGストリングスというわけだ。

加奈子が背中を向け、パンティの後ろ側が見えた時、雅也は最初、それをTバックだと思った。その判断に間違いはない。腰に近い側のラインは、遊園地で見たものとほぼ同じ太さだからだ。

ところが、ラインはだんだんと細くなっていく。

そしてあろうことか、ヒップの割れ目の真ん中ぐらいのところで、緑色の線は消えてしまっていた。つまり幅が狭くなりすぎて——玲子が身につけていたGストリングスと同じように——肉の谷間に埋没してしまったのだ。

(先輩、すごいです、すごすぎます！　こんな過激なTバックを完璧に、それもエッチに穿きこなすなんて！)

丸裸のヒップは美しいが、半分ほどランジェリーで彩られていると扇情的になる。Gストリングスのインパクトは直接、雅也の股間を直撃し、熱い血と甘美な電流が全身を駆け巡る。

雅也の興奮を、加奈子は背を向けていても感じ取ったようだ。堂々と、という言葉を使ってもいいほど落ちついて回転を続けた。

真正面で向きあってから、加奈子は唇を動かした。

「若松くん、この下着は、どう？」

「最高です。女神さまが着ているのかと思いました」

素直な気持ちを伝えたのだが、加奈子は「お世辞を言わないで」と照れた。だが嬉しそうに頬を赤らめる。

雅也は言葉を継いだ。

「着こなしのこととかは、言っても意味がないと思います。加奈子先輩の方が詳しいし、よく分かっていらっしゃるでしょうから。だから、僕は一つのことだけを伝えられれば役目を果たせると思っています」

「一つのこと？」

「はい。たった一つです。変な表現に聞こえるかもしれませんが、今の加奈子先輩を、僕の母に見せたい、ということです」

たちまち美少女は顔だけでなく、全身を紅潮させた。

「若松くんったら、褒めすぎだよ。まだまだ、たくさん勉強しなきゃいけないことがあるのに……。でも、やっぱり嬉しいな。ありがとう」

「褒めすぎじゃないですよ。だって、その証拠に、ほら」

雅也は腰を突きだし、加奈子に学生服のズボンを見るように伝えた。加奈子は更に赤くなりながらも、瞳を激しく潤ませる。

「さっきから、ずっと分かってたよ。雅也くんが私のランジェリーに、すごく興奮してくれてるって」

「え、ええっ……!? い、いや、興奮していないことは、な、ないですけど……」

恥ずかしさに雅也がうろたえると、下着姿の加奈子が距離を一気に縮め、両手を固く握ってきた。

すると、なぜか二人の高校生は、同時に激しい緊張を示した。あまりにも接近しすぎてしまったため、顔と顔がくっつきそうになったのだ。

(このままじゃ、加奈子先輩とキスをしちゃうよ！)

雅也は一瞬、身体を離そうかと思った。だが、握手を解いたりすれば、せっかく加奈子が喜んでいるのに、その気持ちに水を差してしまいそうだ。

脳裏に「友達」という言葉が蘇る。

加奈子の姉である詩織は「加奈子のいい友達でいてね」と言った。加奈子自身も「若松くんが友達になってくれてよかった」と喜んだ。

過激な下着姿を見せてもらい、勃起したら射精させてもらうという関係であっても、雅也と加奈子は恋人ではない。いわゆる「友達以上、恋人未満」ではなく「友達以上、セックスフレンド未満」とでも表現するしかない関係だ。

（世の中には滅多にない関係だろうけど、ちょっとエッチなことをしちゃう親友、ってことなんだろうか……？）

そもそも、観覧車のゴンドラで手コキをしてもらったことが〝反則〟なのだ。詩織の頼みを裏切ってしまったのは間違いない。

キスはやはり、恋人同士がするものだという気がする。

雅也は加奈子に視線を向けると、表情は硬くこわばっているように見えた。ひょっとすると雅也と同じことを考えているのだろうか。不用意に距離を縮めてしまったことを後悔しているのだろうか。

気がつけば、加奈子は手を上下に動かすのをやめていた。

手を握ったまま、じっと見つめあっている。雅也は手の力を強くして、可憐な瞳を真っ直ぐに見つめ、できるだけ落ちついた口調で言った。

「友達として、加奈子先輩の役に立てて、僕もすごく嬉しいです」

美少女は、はっ、と身体をかすかに震わせた。そのリアクションの意味が分からず、雅也は反射的に身構えた。

だが、どうやら気のせいだったらしい。すぐに加奈子は柔らかな表情を取り戻した。

雅也の「友達」という言葉に安心したようだ。

そして、再び頬を真っ赤に染めると、頭を雅也の肩に乗せた。

（あ、あああっ！　加奈子先輩の髪の毛が、僕の鼻の近くに……！）

鮮やか、としか表現しようのない芳香が、雅也を包み込んだ。

髪の毛から漂っているものだ。シャンプーやリンス、コンディショナーの香りではなく、美少女自身のものらしい。その素晴らしさは、最高級の香水より雅也を陶然とさせた。

囁くような声が、雅也の耳に届いた。

「若松くん……」

「は、はい！」

「お願いがあるの」

「何でも、な、何でも、言って下さい。できる限りのことはします」

「あのね、私が、これからどんなことを言っても、絶対に軽蔑しないでほしいの」

「そんなこと、そんなことなら、すごく簡単です！」

「本当？」

「本当です！　絶対に本当です！」

雅也が懸命に断言すると、加奈子は、すっ、と密着を解いた。

次の瞬間、どんどん女子高生の顔が接近してくる。雅也が「キスされる！」と驚いた瞬間、加奈子の美貌は滑らかに脇へ逸れた。加奈子は唇を、雅也の耳にぎりぎりまで近づけたのだ。

「若松くんのオチンチンに、またキスしていい？」

「え、い、いや、あの、無理を、絶対に無理をしないで下さい。オナニーさえすれば、オチンチンは小さくなるんですから！」

雅也は本気で、一度は断った。

加奈子にフェラされ、口内射精をすれば最高の快楽を得られる。しかし、やはり畏れ多い。雅也なりに加奈子を気遣ったつもりだった。

「いや、いや、絶対にやだ、若松くん！」

まるで、だだっ子だ。

十七歳の美少女が急に、小学生とか幼稚園児になってしまった。雅也は「加奈子先輩⁉」と慌てた。

「私が男の人への抵抗感がなくなってきているのは、コンプレックスの乳房に若松くんが、とっても興奮してくれて、たくさん精液を出してくれるからなんだよ！」

「そ、そんな、そんな馬鹿なことが！」

「馬鹿じゃないもん！」

加奈子は鋭く叫ぶと、身体の密着を解いた。

真正面に立ったため、加奈子の美貌が飛びこんできた。そして、何と美少女の瞳には涙が浮かんでいた。

女子高生は、一気に怒りを爆発させた。清楚で真面目なお嬢さま、というキャラクターからは想像もつかない激しさだった。

「私は若松くんが大好きなんだよ、そして若松くんと一緒にいると、私も女性として魅力があるんだって自信が持てるの。デザインの道を頑張ろうって元気が出るの！」

加奈子の瞳から涙があふれ出た。大粒の透明な水滴が、若々しい素肌を珠となって流れ落ちる。美少女は手で拭おうとはしない。泣きながら雅也に言葉を投げつける。

「若松くんに、せ、精液を、いっぱい、いっぱい、出してほしいし、出してあげることができれば、もっと女としての自信を持てるようになれると思うの。だから、だから……」

加奈子は急に黙ってしまった。涙は流し続け、激しく呼吸しているため肩が上下している。

その姿を見た雅也は、反射的に身体を動かした。足を前に一歩、踏み出す。

加奈子は瞳を大きく開き、身体をぴくん、と震わせる。雅也は、それを無視するように両手を大きく開き、美少女を抱きしめた。

ていた。

「な、何よ、若松くん……。ど、どうしたの？」

美少女の返事は、最初こそとげとげしい攻撃的なものだったが、最後は語尾が震えていた。

雅也はやはり何も言わず、加奈子の手を取った。

それを下に持っていき、学生服のズボンを触らせた。勃起を感じ取った美少女は「あぁっ！」と声を漏らした。

「馬鹿って言ったこと、心から謝ります。でも、本気で言ったんじゃないんです。だって、ほら、僕のオチンチンが、加奈子先輩の唇と舌を欲しがって暴れています」

「ああぁっ、若松くん！」

切羽詰まった声で、加奈子が雅也の名前を呼んだ。

だが、その後は何も言葉が続かない。雅也が「加奈子先輩？」と声をかけると、突然に加奈子は「若松くん！　若松くん！」と名前を連呼する。

そして美少女は一気にしゃがみ込んだ。すがりつくようにチャックへ手を伸ばし、金具を下ろしてしまう。

強引と言ってもいい激しさで指を中に入れると、雅也のペニスを外に引っ張り出してしまった。

「加奈子先輩」

肉棒が外気に触れた、と雅也が思った瞬間、美少女の唇が竿を優しく包み込んだ。

「加奈子先輩！　あああっ！　先輩のフェラは最高です、気持ちよすぎます！」

雅也は、まさに牡の咆哮を女子更衣室にとどろかせた。

それは加奈子の官能を直撃したようで、ペニスにむしゃぶりつきながら「んんんんっ！」と淫らにうめいた。そして更に舌の動きを激しくさせ、亀頭からあふれ出る先走りを猛烈な勢いで飲み続ける。

雅也は両手で加奈子の頭をがっしりと持った。腰が自然に動いていた。

たどたどしく、大人しい動きだが、加奈子の唇に向かってペニスを出し入れする。

美少女は「んんっ、んんんっ！」と、興奮しているのが明らかな声を漏らす。

（あ、ああああっ！　僕は今、世界で一番、最高にいやらしいことをしている！）

雅也は募る歓喜に全身を震わせた。

観覧車の中でフェラしてもらった時も興奮したが、今度は自分が通っている高校の中だ。しかも男子生徒なら絶対に入れない女子更衣室。どうしたって頭に血が昇ってしまう。

おまけに足元には美少女が跪き、強烈に勃起したペニスに唇と舌で奉仕している。

雅也が腰を使ってペニスを口腔に送り込んでも喜んで吸ってくれる。

そして何より、加奈子のランジェリー姿がたまらなかった。

しかも今回の場合は、加奈子の周りにはセーラー服が脱ぎ捨てられている。真面目なお嬢さまがつけているとは信じられない下着と、いかにも似合う古典的なセーラー服を同時に見ることができる。そのギャップが生む官能は圧倒的だった。

だが雅也にとどめを刺したのは、意外な伏兵だった。

制服を脱ぎ捨てた加奈子は、ハイソックスは穿き続けていたのだ。Fカップの巨乳を彩るブラ、ヒップが丸見えのTバックという格好の下には、これこそ美少女の象徴だと思える靴下が光り輝いている。

ハイソックスを穿いたTバック女子高生に、思いっきり口内射精をする——。

考えただけで、身体が震えてくる。ペニスが爆発しそうな勢いで、加奈子の口の中で暴れる。気がつけば絶頂寸前にまで追い詰められていた。

（それに何より、先輩のフェラが激しくて、どんどんうまくなっていて、ああっ！）

悩乱する雅也の耳に、美少女の唇から漏れる卑猥極まりない音が飛びこむ。

「ちゅくっ……ぷちゃっ……ちゅぶぶっ……んん……んぐ……ちゅぱあぁ……」

あまりの気持ちよさに、雅也は腰砕けになった。

それまで美少女の頭を掴んでいた手の力は一気に弱々しいものになり、ペニスの動きも止まってしまった。

すると今度は、加奈子が顔を動かし、思いっきり根元までペニスを咥えた。

「んんっ、むぐっ、んんぅ……ごむっ、んんっ！　じゅっ、ずじゅじゅうぅ！」

その情熱は亀頭が喉元深くに達したことからも明らかだった。雅也は、これまでに女子高生の唇、舌、そして唾液を快感として味わってきた。それに喉という初体験が加わり、射精が更に爆発的になった。

「先輩、あああっ、も、もう駄目です！　精液、いっぱい出しちゃいます、お願いですから、一滴残さず、全て飲み尽くして下さい！」

雅也が叫ぶと、加奈子は「んんんんっ！」と、無我夢中で唇のピストン運動を開始した。ぶちゅっ、ぶちゅっ、と唾液まみれの淫音がこだまする。童貞の高校生は「イクっ、イクぅ――っ！」と声を限りに叫んだ。

どくっ、どくどくどくどくどくっ……ぴゅっ、ぴゅ――――っ！

学生服に包まれた身体を震わせ、雅也は腰というより全身から湧き上がるような射精感を、卑猥なランジェリーを見事に着こなした美少女に叩きつけた。

白濁液は奔流となって、女子高生の唇に飛ぶ。加奈子もまた。口腔というよりは肢体の全てで下級生の爆発的なザーメンを受け止める。雅也の身体は震え続け、どんどん射精を繰り返す。それを加奈子は幸せそうな表情で、一滴残さず飲み干していく。

あまりの快感に、雅也は何も考えられない。ペニスは全く膨張をやめないどころか、更に膨れあがる。

口の中で肉棒が跳ねるのを感じ取った加奈子は、飲精を続けながらも、それをだんだんと普通のフェラに移行させていく。吸うことに重点を置いていたものを、舌を使い始めて更にペニスを可愛がろうとする。

十五歳の男子高校生は、もう一回は射精することを確信しながら、加奈子の舌技に溺れていった。


帰宅するために自転車を漕ぎながら、雅也は最高の幸福を味わっていた。

あれから、やはり二度目の射精をしてしまったが、加奈子は同じように全てを飲み尽くしてくれた。

性欲が完全に消滅してしまった雅也が呆けたようになっていると、加奈子は明るい微笑を浮かべた。そして雅也に新しいランジェリーのデザイン案が、また湧き上がってきたことを告げ、とても喜んでいた。

昼休みになると、次のデートを相談するメールも来た。

雅也は、今度こそは有名な遊園地など、〝きちんとした〟デートスポットを提案しようかと考えた。だが、それはすぐに撤回しなければならなかった。

加奈子らしい上品な文面だったが、次回のデートでしてみたいという内容は、本当に大胆なものばかりだった。

やはりランジェリーのチェックと、フェラでの飲精、そして加えて、次第に固まってきているアイディアスケッチも見てほしいと言っている。つまり、テーマパークでは不可能なことばかりなのだ。

（そういうことになると、僕の家ということになっちゃう……）

雅也は頭に浮かんだ場所を、思いきって返信してみた。すると、すぐに加奈子からのメールが届いた。恐る恐る内容を見てみると、加奈子は大喜びしていた。

しかも日曜ではなく土曜がいいという。だが、日曜に予定があるわけではなさそうだ。ひょっとすると日曜も一緒に過ごすつもりなのかもしれない。

自転車のペダルを漕ぎながら、雅也は考えに耽る。

気になるのは、母親が家にいるかどうかということだ。非常に多忙な玲子だが、さすがに週末は休むことも多い。しかしオフではあっても、気晴らしに外出することも珍しくない。つまり予定が全く読めないのだ。

ああいう母親だから、全てを正直に話せば、喜んで家を空けてくれるだろうが、それはあまりに恥ずかしい。しかし、何気ないふりをして週末の状況を確認しても、勘が鋭いから見破られてしまう可能性がある。

加奈子のような美少女と自室で過ごせるという幸福に較べれば、取るに足らない悩みだとはいえ、やはり気が重くなるのは確かだ。

（まあ、何とかするしかないよな、だって、加奈子先輩の役に立てるんだから）

結局のところ、あくまでも心は軽やかなのだ。雅也は悩みながらも、鼻歌でも歌いだしそうな明るさで自宅に辿りついた。

ところが自宅に自転車を入れようとすると、背後から「雅也くん」と声をかけられた。振り返ると加奈子の姉である詩織が笑顔を浮かべている。

「おかえり、雅也くん」

「た、ただいま……です、詩織さん」

妹に負けず劣らず魅力的な姉と再会できたのに、雅也の心には緊張が走る。

加奈子と詩織は極めて仲のいい姉妹らしく、何でも話をするらしい。そもそも加奈子との距離がここまで縮まったのは、ひとえに詩織のおかげなのだが、だからこそ遊園地のことや学校でのことを知っているのではないかと身構えてしまう。

だが、詩織の笑顔は明るさを増すばかりだ。

「雅也くん、この間のデートだけど、本当に感謝している。もう加奈子ったら、生まれ変わったみたいに元気になったの。これも雅也くんのおかげだよ」

ここまで感謝されるのなら、加奈子は手コキやフェラチオのことを黙っていると考えるべきだろう。ほっとした雅也は、珍しく口調が滑らかになる。

「とんでもないです。僕は何もしていないんです、正直なところ」

「またまた、謙遜なんて高校一年生には似合わないよ。それに今度の土曜、加奈子は雅也くんの家に遊びに行くんでしょ？」

雅也の心臓がどきっと跳ねた。もちろん興奮したのではない。恐怖を感じたのだ。背中が凍りついたのがはっきりと分かる。

「は、はい……。あの、その、詩織さんの仰る友達として、色々と……」

どうしても曖昧な口調になってしまうが、詩織の明るさに変化はない。

「これも雅也くんが友達としてのラインを守ってくれているからだね。もう今日は、エッチなお姉さんが、いっぱいサービスしなきゃ」

言うと詩織は、いきなり雅也と腕を組んだ。

（あ、あああっ！　し、詩織さんのおっぱいが、僕の腕に！）

セクシーな女子大生はEカップ。その感触は腕だけでなく、童貞の全身を駆け巡り、頭をくらくらさせる。

雅也が玄関の鍵を開けると、詩織は腕を組んだまま「お邪魔します」と中に入る。

（でも、僕、詩織さんが家に来てくれたのを、すごく嬉しく感じてる……）

相手が美人なら、たとえ無理矢理押しかけてきても大歓迎――こう言ってしまえば身も蓋もないが、確かに女子大生は今日も光り輝いている。

ファッションは相変わらずのキュート＆セクシー。

上品なブルーのブラウスは、首元の〝もこもこ〟が可愛らしいし、身体には意外なほどフィットしているからEカップの膨らみがはっきりと分かる。

スカートは、やはりフレアミニ。優美なラインに心を鷲づかみにされない男性は少数派だろう。色は純白をベースに、裾の近くにやはりブルーの大きな縁取りが走っている。ブラウスとペアなのかもしれない。

(それにしても、改めて好対照な姉妹だよな、加奈子先輩と詩織さんって)

たちまち玄関が、ぱっと華やいだのを驚きながら、雅也は心の中で呟く。

妹の加奈子は「テレビでは見られない美人」だ。あまりにお嬢さま的すぎて、たくさんの人々に見られるというシチュエーションが想像しにくい。あえて似合う職業を考えれば美人教授ぐらいがぎりぎりだろうか。いずれにしても、古めかしい表現であるはずの「深窓の令嬢」という表現がやはり最もしっくりくる。

一方、詩織はテレビの世界が似合う美人だ。明るくて華があり、頭が良いのに決して出しゃばろうとしない。ファッションが柔らかいから最初に浮かぶのは「お天気お姉さん」だろう。だが、スーツだって難なく着こなすはずだから、報道系の女子アナでも余裕で大丈夫だ。

その時、雅也の良心が、きりきりと痛んだ。

(しまった、加奈子先輩と詩織さんを較べちゃったりしたから……)

妹である女子高生との仲は、完璧に深い絆が生まれた。親友のラインを守りながら、共に淫らなことに心をときめかせ、快感に激しく溺れる。

だが、それは女子大生の姉が禁じたことだった。あくまでも詩織は雅也に純粋な友情を求めていた。だが、あまりに興奮するシチュエーションが多いことを心配し、淫らな戯れをしてくれたのだ。

今の詩織は、男で言えば「やる気まんまん」の状態だ。

もちろん、言葉が持つ下品なイメージとは無縁だが、雅也を可愛がろうと心をときめかせているのは事実だ。雅也もそれを感じ取り、股間は勃起していないものの、血が集まって熱を帯び始めている。

（嘘つきなのは間違いないし、やっぱりこれって、二股をかけていることになるんじゃないかな……）

自分のように魅力のない男が、美女二人を両天秤にかける。しかも二人はどちらも年上で、なおかつ姉妹――あり得ない状況に、頭がくらくらしてくる。

雅也は加奈子とも詩織とも交際していない。だが考えようによっては、だからこそ、よりひどい裏切り行為を働いているとも言える。姉妹の優しさに付け込むのは、あまりにも卑劣だ。

（どうしよう、やっぱり、正直に言うべきじゃないかな……。で、でも、そうしたら加奈子先輩に迷惑がかかっちゃうかもしれないし、ああ、どうしよう、どうしたらいいんだろう……！）

　加奈子とあれほど淫らなことをしなければ、きっと今は詩織の来訪に感激し、ペニスをめちゃくちゃに勃起させているに違いない——まさに後悔先に立たずなのだが、どうしてもくよくよと考えてしまう。

　だが、そんなことで悩んでいる間に、腕を組んだまま、詩織と自室の前に到着してしまった。

　今さら帰って下さいと言えるはずもなく、ドアを開ける。

　詩織はにっこり笑って「優しいね、雅也くん」と礼を言い、更に表情のきらめきを増して「ただいま！」と明るい声を出す。本来なら雅也のハートは激しくときめくはずなのに、加奈子のことを思いだして胸が痛む。

　女子大生は、真っ直ぐベッドに向かう。初めて会った時のように座り、フレアスカートがシーツの上に乗る。

（そういえば僕は、詩織さんのパンティを見ていない……）

　詩織のヒップに意識が向いてしまった雅也は、そんなことを考えてしまった。

　雅也は詩織の前で腰を下ろそうと、床に座ろうとした。すると詩織が「あれ、雅也くん？」と意外そうな声を出す。

「何だか水くさいよ、ほら、私の隣に座って、ね？」

「わ、分かりました……」

動転を隠すことができず、雅也は慌ててベッドに移動する。その姿を見た詩織が、ぽつりと呟く。

「雅也くん、私とだと楽しくない？」

「え、えええええっ⁉」

雅也は女性のように甲高い声で悲鳴をあげた。図星ではなかった。詩織が来てくれてどきどきしているのは事実だ。だが、困っているのも嘘ではない。

「そ、そんなこと、ないです！」

必死に弁明するが、詩織は顔を伏せる。何より、あの全身から輝く華やかさが消え去ってしまい、雅也は動転した。

「雅也くん、私ね、隠していたことっていうか、正直に言っていないことがあるの」

「隠していたこと、ですか⁉」

「そう。会った時に真っ先に言うべきだったんだけど、どうしてもできなかったの。ごめんね」

「一体、何を隠していたんですか？」

雅也の脳裏に、詩織に彼氏がいるとか、実は婚約者がいるとか、そういうイメージが次々に浮かんだ。だが、女子大生が申し訳なさそうな口調で明かしたのは、男子高校生の全く予想していないことだった。

「私、加奈子から聞いたの。雅也くんが妹のフェラチオで、たくさんイッちゃったってこと」

「え、えええええっ⁉　い、いや、あの、その、えっと、その……」

警戒していた状況だったとはいえ、ショックは大きい。

それにしても、詩織がなぜ謝るのか、さっぱり分からない。謝罪するとしたら二股をかけていた雅也のはずだ。詩織は雅也にビンタをしたとしても、文句が言える筋合いではない。

雅也が大混乱に陥っていると、詩織が「あのね」とか細い声で言う。

「どうして謝る必要があるかっていうとね、私も雅也くんのこと好きになっちゃったの。妹のことは全然、怒ってないんだよ。加奈子が雅也くんに恋したのなら、それはすごく素敵なことだよね。でも、私まで雅也くんのことを、とっても、とっても好きになっちゃったの」

「ぼ、僕のことを、詩織さんが好き⁉　ま、まさか！」

信じられない言葉に叫ぶと、詩織に睨まれ、説教された。

「雅也くん、もう自分を過小評価するのはやめた方がいいよ。ちゃんと、ありのままの自分を見ようよ。第一、フェラも加奈子の方からしたんでしょ？」

「そ、それはそうですけど、あ、あああっ、いや、その……」

「内気で暗いってことと、優しくて思慮深いっていうのは、コインの裏表でしょ。長所と短所は同じなの。だから大変なんじゃない」

雅也は「なるほど」と呟いていた。詩織の説教は不思議なぐらい腑に落ちた。やはり姉妹とたくさん淫らなことをしてきて、多少は自信のようなものがついてきたのだろう。

詩織は雅也を優しく見つめながら、話を進める。

「加奈子と雅也くんが似たもの同士って、もう分かってるでしょ？　妹がこれまで恋したことがなかったのは、雅也くんみたいに暗い男の子に会ったことがなかったからなんだよ」

一瞬、雅也はけなされているのかと思ったが、もちろん意味は逆だ。

「こ、光栄です」

「もちろん、加奈子がお母様のオフィスを飛びだすまでは、私はもちろん、妹にとっても雅也くんは特別な存在じゃなかったよ。妹が死ぬほど落ち込んで、私が何とかしなきゃって雅也くんに会いに行ったことから始まったの。あのね、えっと、何て言えばいいのかな……」

　これまで滑らかに会話を続けてきた詩織が、急に悩みだした。しかも、気がつけば顔が真っ赤になっている。

（あ、こうしてみると、やっぱり詩織さんと加奈子先輩は姉妹なんだ）

　恥じらい方がそっくりで、雅也が思わず感心していると、詩織が「思いきって言うね」と〝宣言〟した。

「雅也くんとエッチなことをしてから、好きで好きでたまらなくなったの」

「え、えええっ⁉」

　いつものように、雅也は驚いて叫んだ。だが、詩織に説教されたばかりだということを思いだし、慌てて両手で口を押さえた。

（で、でも、理由を聞くぐらいなら、大丈夫じゃないかな……？）

　恐る恐る、雅也は問いかける。

「あの、その……。どうして、僕を？」

「だって、めちゃくちゃに素直で、とっても優しいし、それに、それに、実は雅也くんも、すごくエッチで……あああん、も、もう、可愛くて可愛くて仕方ないの！」

　詩織は再び顔を真っ赤にした。すぐに雅也の顔も赤くなる。女子大生は震える声で「でもね」と言う。

「私だって加奈子のことが大好きなんだよ。ちゃんと、雅也くんと妹が付き合えるようにしようって考えたこともあったの。でも、どうしてもできなかった。だから、すごくずるいことしちゃった」

「ず、ずるいことって、何ですか？」

「雅也くんに『加奈子とは友達でいてね』って頼んだように、詩織にも『雅也くんは友達として頼りなさい』ってアドバイスしたの。そして加奈子には、たくさん自慢しちゃった……。雅也くんは、とっても素直で可愛くてエッチだから、私が〝ペット〟にしちゃうって」

「ぺ、ペット⁉」

「私があんまり褒めるから、逆に加奈子は興味を持って、それで自分の気持ちに気づいたんだと思う。それはそうだよね、妹からすれば、雅也くんは理想のタイプだし、特にランジェリーのことでは頼りがいがあるし……」

詩織の説明を、雅也はまるで夢の中にいるような気持ちで耳を傾けた。

まず加奈子は、姉の詩織が雅也を〝ペット〟にするほど気に入っているということから、逆に後輩の男子高校生に異性としての興味を持ったらしい。

そして美少女は雅也とデートして、姉の気持ちを理解することができた。お化け屋敷から〝救出〟してもらい、雅也のキャラクターにやられてしまった。淫らな戯れでは、やはり姉と同じように雅也を「可愛い」と思ったのだ。

仲のいい姉妹に、秘密などない。加奈子は一応、姉の「友達として」というアドバイスを守らなかったことは謝罪したらしいが、後は全身から喜びを放出させ、雅也がどれほど〝異性〟として魅力的であり、だからこそ創作意欲が湧いてきたことを報告し尽くしたのだという。

つまり加奈子は雅也と「交際したい」という意思を示したわけだ。そんな妹の告白を姉の詩織は嬉しく思いながらも、思わず嫉妬してしまったのだという。となると、セクシーな女子大生も「やっぱり私も雅也くんを恋人にしたい」と自分の本当の気持ちに気づいたのだった。

「雅也くんが気絶しちゃって、たくさん精液がついたオチンチンを舐めていると、もう美味しくて仕方がなかったんだ。あの時から、私は雅也くんのことを好きに……うぅん、愛しちゃってたんだと思う……」

最後に詩織がそう言うと、雅也は「あ、ああああっ！」と叫んでしまった。詩織は「どうしたの？」と不思議そうに聞いてきた。

「い、いえ、何でもないです！」

慌てて取り繕ったが、雅也は心に引っかかっていた〝謎〟が解けたことに驚いていた。気絶から目を覚ますと、ペニスは綺麗なままだったが、あれは詩織が〝お掃除フェラ〟をしてくれていたからだったのだ。

全てを把握した雅也は、頭をフル回転させていた。

しばらくすると、頭が閃いて結論が浮かんだが、いきなり胸が苦しくなった。決断の重みに心が耐えかねてしまったのだ。

自分を奮い立たせて、雅也は口を開いた。

「し、詩織さん」

「どうしたの、雅也くん？」

「今度の土曜ですけど、詩織さんも来て下さい」

「え、ええっ⁉　ど、どうして？」

「ぼ、僕も、どうしたらいいか分からないんです。で、でも、加奈子先輩と詩織さんの優しさに甘えちゃって、すごくエッチなことをして、も、ものすごく、き、気持ちよくて……。最低かもしれないって思うから、とにかく、お二人に会って、とにかく友達ではいさせて下さいって、お願いしたくて……」

十五歳、それも童貞の高校生に全てを解決する名案など浮かぶはずがない。

雅也は強烈な美人姉妹に対し、とにかく〝誠実〟であろうとして、三人で会うことまでは考えたのだが、それから先は何の計画もなかった。

突然、詩織が、がっくりと肩を落とした。

セクシーな女子大生は上半身を震わせている。どう見ても、笑いをこらえているようにしか見えない。

（そ、そうだよな、まるっきり意味のないことを言ったんだから……）

とはいっても、勇気を振り絞って口を開いたのだ。そこまで、あからさまに馬鹿にしなくてもいいんじゃないか、という気はする。もちろん、内気な雅也が実際に抗議をすることはできなかったが。

突然、女子大生が顔を上げた。それだけでも驚くのに、何と詩織の瞳は涙がいっぱいになっている。

「雅也くん、雅也くん、雅也くん！」

詩織は叫ぶと、雅也に飛びかかってきた。たまらず雅也も「詩織さん！」と悲鳴をあげる。

気がつけば、雅也はベッドに押し倒されていた。

セクシーな女子大生が身体に乗っている。バストも密着しているし、互いの股間
——学生服のズボンと、フレアミニスカート——も、ぴったりと重なりあっている。

「雅也くん……。どうして、どうして、そんなに可愛いの？」

「えっ⁉　か、可愛い、ですか？」

「もう、めちゃくちゃに可愛すぎるよ。反則だよ、ずるいよ」

何が何だか分からないが、とにかく怒られているようだ。雅也が「すいません」と

謝ると、詩織が久しぶりに微笑を浮かべた。

「お礼を言うね、雅也くん」

「どうして……。どうして、ですか？」

「雅也くんのおかげで、とっても素敵なアイディアを思いついたの。私たち三人が確実に幸せになれる方法」

「そ、そうなんですか⁉　ど、どうすればいいんですか⁉」

雅也は勢い込んで訊ねるが、詩織はどんどん華やかさを取り戻しながら「ふふっ、慌てないの」と優しく諭す。

蠱惑的な詩織の唇が、ゆっくりと動く。

「色々と大変だから、一つ一つ、着実にクリアしていこうね、雅也くん」

「何でもします。何でも言って下さい」

「本当に？　私が命令したら、何でもしてくれるの？」

「絶対に、本当です。詩織さんと加奈子先輩が幸せになるためなら、どんなことだってベストを尽くします」

「うわあ、嬉しいな。じゃあ、さっそく命令しちゃおうかな」

詩織の瞳から涙は消えたが、代わりに好奇心の色で、きらきらと輝く。思わず息を呑むほどの美しさだ。

雅也は覚悟を決め、詩織が何を言うのか待ち構える。すると詩織は「あんまり緊張しないで」と笑った。

「まず簡単なことをお願いするね。今、私が上になっていて、雅也くんが下になっているよね。これを逆にしてほしいな」

雅也は「分かりました」と即答したが、詩織の狙いが分からず、少し戸惑ってしまった。

行為自体は非常に簡単だ。

詩織が身体を起こし、雅也がベッドから移動する。そして、詩織が横たわったのを確認すると、今度は雅也が上から覆い被さる。

女子大生は、ベッドに真っ直ぐ肢体を伸ばしている。

雅也は四つん這いの格好になり、両脚を大きく拡げなければならなかった。つまり自分の脚で詩織の身体を挟み込むようなポーズということになる。

(う、うわっ、な、何だか、めちゃくちゃにセクシーだよ!)

何を考えているんだ、と雅也は自分を叱りつけるが、それでも心のときめきは止められない。ベッドに寝ている女子大生、その表情を真上から見下ろすと、普段よりももっと色っぽくなるように思える。やはりセックスを連想してしまうからだろう。いきおい、股間に血が集まり始めた。

「雅也くん？」

「は、はいっ！」

「今度は、私のブラウスを脱がせて」

「え、えええっ⁉」

「あれ？　さっきは何でもするって言ったけど、あれは嘘だったの？」

「まさか！　そんなことは絶対にないです」

「じゃあ、脱がせて」

「わ、分かりました！」

いきなり雅也は極度の緊張に襲われた。急に喉がからからになり、身体全体が小刻みに震えだした。

（そういえば、僕は詩織さんも、加奈子先輩も、自分で服を脱がせたことがなかったんだ。どっちも、僕のために服を自分から脱いでくれた……）

雅也は自分が動転している理由を確認しながら、いよいよ女子大生のブラウスに挑んでいく。

寝ていても、詩織の胸はきちんと隆起している。

だから第二ボタンぐらいなら肌に触らずに外すことができたが、第三ボタンでもうバストに指が当たる格好になってしまう。

ごくり、と雅也は生唾を飲み込んでしまう。

詩織は、熱い視線で雅也を見つめている。頬が紅潮していて、可愛らしさとセクシーさがとんでもないことになっている。

勇気を振り絞ってボタンに触れた瞬間、指が詩織のバストに触れた。

「あ、ああっ……。雅也くん、その調子だよ、すごく上手」

褒めてくれるのは嬉しいが、色っぽいあえぎ声には心をかき乱されてしまう。学生服のズボンの中で、ペニスがぴくり、と震えた。あと少しで勃起してしまいそうだ。

だが、これらは全て、序章に過ぎなかった。

雅也は詩織のEカップに触れながら、第二ボタンと第三ボタンを外した。すると突然、ブラウスの合わせ目に空間が生まれ、真っ白な素肌と紫色の生地が姿を現してしまった。

（あ、あああっ！　この生地は絶対に、詩織さんのブラだ！）

発色は極めて鮮やかで、紫というよりはヴァイオレットという表現がぴったりだ。詩織が完璧にアダルトなランジェリーを身につけているのは明らかで、どうしても雅也の脳天は沸騰してしまう。

第四ボタンからは胸の谷間を過ぎてしまっているため、雅也は比較的、簡単にボタンを外すことができた。

だが、すぐに次の山場がやってくる。

女子大生は「ブラウスを脱がせろ」と命じたのだ。ということは、どうしたってヴァイオレットのブラジャーを目の当たりにすることになってしまう。

雅也は唇を噛みしめながら、詩織の腕に手を伸ばす。

ブラウスの袖にもボタンがあるからだが、その時に突然、詩織が「そのボタンを外すまでは、何があってもじっとしててね」と新しい命令を下す。雅也は反射的に「はい」と返事をして袖のボタンに挑もうとする。

すると、詩織が右脚を持ちあげ始めた。

雅也は「えっ⁉」と驚くうちに、何とフレアスカートがどんどんめくれ上がっていく。そして真っ白で、弾力が抜群そうな太ももがあらわになった。

(詩織さん、ストッキングを穿いていないってことは、生脚《なまあし》なんだ……。え、ええっ、あ、あああああっ！)

甘美な感覚が全身を襲い、雅也は動転した。

太ももが、ぴったりと学生服の股間に当たったのだ。雅也のペニスは半勃ちという状態だったが、詩織が太ももをゆっくりと動かしてしまった。たちまち気持ちよくなり、どんどん肉棒に力が漲っていく。

雅也が「あああっ！」と思わずあえいでしまい、指の動きが止まってしまった。するとすかさず詩織が「どうしたの、ボタンを外して」と楽しそうに言う。雅也は「はい！」と返事をするが、正直なところそれどころではなかった。

女子大生の太ももに股間を愛撫されるだけでも大変なのに、あのフレアスカートがどんどんめくれ上がっているのだ。気がつけば、ミニどころではなくなっていた。映画で女性が恋人のワイシャツを着ているぐらいの丈しかなく、あと少しでパンティが顔を出しそうだ。

身体と視覚の両方に官能が襲いかかり、あっという間に雅也のペニスは完全に勃起してしまった。詩織と加奈子の問題で深く悩んでいたことを考えると、その豹変ぶりはあまりにだらしない。とはいえ、十五歳の性欲が旺盛な童貞の高校一年生なのだから、これは仕方ないとも言える。

雅也は苦労したが、何とか袖のボタンも外すことができた。

「ありがとう、雅也くん」

「い、いえ、とんでもないです……」

「じゃあ、ブラウスを脱がせてもらうから、私を抱きしめて起こしてくれる？」

半ば予想していた展開だった。詩織を寝かせたまま、ブラウスを引っぱるわけにはいかないからだ。

雅也は両手を伸ばし、詩織の背中とシーツの間に差し入れる。当然ながら身体が密着し、女子大生の身体とぴったり重なりあう。

（さっきまでは、何も感じなかったのに、今は、あああっ、気持ちよすぎる！）

気持ちが変われば、これほどまで性感も変わるのかと痛感する。

詩織のバストも、太ももも、そして勃起しきったペニスがスカートの股間に突き刺さってしまうのも、何もかもが強い官能を生む。

雅也は泣きそうになりながら、背筋を使って詩織を起こす。

非力な高校一年生でも、女子大生が軽いため、作業自体は極めて楽だった。あっという間に雅也と詩織はベッドの上に腰かける格好になり、互いに向かい合う。

「じゃあ、ブラウスを脱がせてね、雅也くん」

詩織は両手を天に伸ばし、ばんざい、の格好をする。

ゆっくりとした動作だったからか、ブラウスの合わせ目は全く乱れていない。生地と生地の間に素肌とヴァイオレットのラインが走っているだけで、詩織がどんなブラジャーを身につけているのか、その詳細は分からない。

（でも、これから僕は、詩織さんのブラを目の当たりにするんだ……）

そして雅也は、それを見たい、と心から願った。

吹っ切れたとも言えるし、やけくそになったとも言える。それに、雅也は姉妹のことを熟考し、二人とも愛してしまったことを知った。ならば、そのうちの姉の服を脱がせれば、興奮するのは必然だ。

（僕は、スケベで浮気性っていう、最低の男なんだ……）

雅也が自分に呆れるほど、股間の勢いは増していく。考えることはやめ、思いきって女子大生の美しいブラウスの裾を持った。

一気に、引き上げる。すると視界はブラウスで覆われた。雅也は夢中で両手を大きく振った。

雅也の目は、もう何にも遮られていないはずだった。

ところが、予想していたようなヴァイオレットの乱舞が飛びこんでこない。素肌の色が圧倒的で、雅也はピントの合わせ方を間違えてしまったのかと思ったほどだ。

頭を振って、アングルを引き気味にしてみた。まずは詩織の全体像を確認しようとしたのだ。

（あ、あああっ！　僕の目は、間違ってなんてなかったんだ！）

なぜ、ブラウスのボタンを外した時に確認していたヴァイオレットのブラジャーが消えてしまっているのか、雅也はやっとのことで理解できた。一方、詩織は頬を赤らめながらも、どこか誇らしげな表情で雅也を見つめている。その堂々とした態度が、いっそうセクシーさをアップさせる。

女子大生のブラジャーには、カップに大きな穴が開いていたのだ。

乳房をサポートするため、カップの周囲部は残されている。ラインの幅も普通なのだが、カップの中央部が消えてしまっている。そのために詩織の乳輪と乳首は、はっきりと姿を見せていた。

女子大生の乳輪と乳首は淡いピンク色。非常に可愛らしく、しかし尖りきった突起はセクシーだ。つまり詩織のファッションセンスと似ている。

雅也は、詩織の妹である加奈子の乳首を触ったことはある。バストの中心部が膨れあがるのは本当に卑猥だと興奮したが、それを実際に目にするのは初めてで、衝撃と感動は比類なかった。

身体を震わせて呆然としていると、詩織の上ずった声が聞こえてきた。

「雅也くん、また命令していい？」

もう十五歳の高校生は、女子大生の下僕だった。返事をすることもできなかったが、ただ顔を縦に振り続けた。

「私と一緒に、ベッドに寝よう」

雅也と詩織は、並んでベッドに横になる。男子高校生は学ランとズボン、女子大生は穴あきブラとフレアミニスカートという格好だ。

「雅也くん？」

「は、はい！」

「本当に私を信じて、ついてきてね。これまでのように命令を守ってくれると、本当に嬉しいの。絶対に私たち三人全員が幸せになろう、ね？」

はにかみながら、小首を傾げて「ね？」と同意を求める姿は、あまりにもキュートすぎた。雅也は惚れてしまいそうになるのを必死に耐えながら、懸命に「はい」と返事をした。

「これから私は、とってもエッチなお姉さんになるの。だから雅也くんも、すごくエッチになるんだよ。そして雅也くんの童貞を、お姉さんにちょうだい？」

詩織の命令は、十五歳の童貞なら泣いて感激してもおかしくないものだった。だが雅也は、ある意味では当然だが「ええっ!?」と驚いていた。

「でも、そうしたら加奈子先輩が！　詩織さんにとって大切な妹である加奈子先輩が傷ついちゃいます！」

「優しくて真面目な雅也くんは、私たち姉妹ともを好きになっちゃって、それで悩んでいるんだよね。それは分かっているから、私の言うことを、とにかく信じて」

女子大生の迫力に気圧された男子高校生は、反射的に顔を縦に振った。

「分かりました、ぼ、僕は、すごくスケベになります！」

「も、もう、本当に素直で可愛いんだから」

詩織は瞳を潤ませながら、更に顔を近づけた。

「繰り返すけど私は、すごくエッチなお姉さんだからね。絶対に、雅也くんの恋人なんかじゃない。だから私たちは唇にはキスしちゃいけないの。これはルールだから、よく覚えておいて。これも命令だよ」

いきなり謎めいたことを言われて、雅也は戸惑った。だが、もう詩織に全てを委ねることに決めていた。そのため「はい」と返事をするにとどめた。

「じゃあ、すっごくエッチな命令をしちゃおうかな」

「は、はい、何でも、大丈夫です！」

雅也が緊張して返事をすると、詩織は優しい口調で言った。

「お姉さんのおでこに、キスして」

「え⁉」

一瞬、雅也は戸惑った。ルールに抵触するのではないかと思ったのだが、よく考えてみれば禁止されていたのは唇だった。

身体を起こし、雅也は詩織の上に覆い被さった。

真下に詩織の美貌があり、何よりも過激な穴あきブラが目に飛びこんでくる。そのセクシーさに顔を真っ赤にしながら、唇を移動させる。

詩織の額に接近すると、やはり芳香が雅也の鼻腔をくすぐった。妹の加奈子の髪が近づいた時にも同じことが起きていた。

（女の人の匂いって、どうしてこんなに素晴らしいんだろう）

心を震わせながら、雅也は唇を女子大生の額に押し当てる。

ちゅっ、という音をさせた瞬間、雅也の魂が蕩けた。唇で感じた柔らかさは、あまりにも気持ちよすぎたのだ。

（ああ……。これは厳密にはファーストキスじゃないんだろうけど、今の僕には同じぐらいのインパクトだよ）

感動していると、今度は詩織が顔を上げ、雅也の額にキスをした。再び、ちゅっ、という音が部屋に響き、雅也は「ああっ！」と悩乱する。

「今度は私の頬にキスをして……あ、ああっ！」

雅也が〝命令〟に応えると、詩織も切なげな吐息を漏らした。

それからは、ライトキスの嵐だった。恋人ではないからという理由は、雅也にもよく理解できるが、結局のところ雅也も詩織も相手のことを深く想っている。肝心なところに唇を持っていけないもどかしさが募り、だからこそライトキスの応酬は情熱的なものになった。

男子高生も女子大生も、唇以外の場所なら、ありとあらゆるところに唇を押し当て、キスの音を響かせた。頬、耳、鼻、顎……。顔の全てにスタンプを押すようにしてキスを浴びせるうちに、雅也も詩織も「あああっ！」と官能を深くしていく。

目眩を感じるほど雅也が夢中になっていると、詩織が叫んだ。

「雅也くん、お姉さんの首筋にもキスして！」

言われた通りにすると、詩織は「もっと下にも」を繰り返す。雅也の唇はどんどん移動し、首から肩、そして胸元へ降りていく。

その頃になると、顎などが詩織のバストに当たるようになっていた。柔らかな乳房の感触が瞬間的に伝わってきて、雅也は「ああっ！」とあえいだ。

「おっぱい、お姉さんのおっぱいを、触って、雅也くん！」

「あああっ、詩織さん！」

雅也は目を見開き、両手をヴァイオレットのブラジャーの方へ伸ばしていく。

乳房の周囲はワイヤー入りの生地で覆われているため、雅也の指はバストの中心部を触る形になった。

指が、むにゅっ、と入っていこうとした瞬間、すぐに素肌がはじき返した。

（う、うわあっ！　加奈子さんのおっぱいと全く違う。で、でも、これもすごく、気持ちいい！）

詩織のEカップを触って初めて、加奈子のFカップが柔らかいのだと理解できた。

つまりセクシーな女子大生のバストは、弾力が抜群なのだ。

揉めばたちまち、ぽにょん、と弾む。女子高生のバストの場合は、ぷるんと揺れるから、姉妹は対照的なバストの持ち主だった。

夢中で指を動かそうとすると、今度は先が乳首に触れる。

もちろん詩織が「あああっ！」とあえぐが、雅也も「ああっ！」と同じ声を漏らす。女子大生の乳首を触ったということで、男の自分も感じてしまうのだ。

姉と妹では、やはり乳首も別物だった。

キャラクターから考えると意外だが、乳房の突起は姉の詩織の方が控えめで、むしろ妹の加奈子の方が卑猥にそそり立っていた。

こりこりとした最高の感触は、ブラジャー越しとはいえ、加奈子で体験済みだった。同じ感覚を再び味わうため、雅也は人さし指と薬指で挟んでみた。

「ま、雅也くん、ああっ、あああああっ！　ど、どうして、そんなに優しく触ってくれるの、あああっ！　加奈子は、これでイッちゃったのね、ああっ、分かる、これならおっぱいだけで気持ちよくなっちゃう！」

「詩織さん、ああっ、詩織さん！」

男子高生と女子大生の〝カップル〟は、深い官能の世界に没入していく。

雅也の目は感動で大きく開かれる。学生服を着た自分が、美しい年上の女性を狂乱に導いているのだ。しかも、その女子大生は、上半身は過激な穴あきブラを身につけながら、下半身は上品なフレアミニスカートを穿いている。

実は、すごくエロいランジェリーを着ていたお天気お姉さんのEカップを触っている——こんな感じの光景に思える時があり、だからこそ激しく興奮する。

「雅也くん、今度は、おっぱいを舐めて！　お姉さんが、やり方を教えてあげる」

「は、はい！」

雅也は無我夢中で顔を女子大生のバストに接近させる。まだ両手は乳房を揉み続けているから、目の前で弾力が豊かなEカップが弾んでいる。

「舌を伸ばして、まずおっぱいを、ぺろっ、ってしてみてぇ！」

淫らなのに、どこか甘えてくるような感じがする口調で詩織が言う。これこそが男の夢である〝プライベート・レッスン〟なのだと感激しながら、雅也は言われた通りにしてみる。

舌先で真っ白なバストを舐めてみると、口いっぱいに甘い味が拡がった。

（し、詩織さんのおっぱいって、とっても、美味しい！）

感激した雅也は、目に見える乳房を舐めまくる。

「ああぁっ！　じょ、上手すぎるよ、雅也くん！　ああっ、雅也くんの舌が気持ちいい、雅也くんにおっぱいをぺろぺろしてもらうの、大好きぃっ！」

詩織の両手が伸びてきて、雅也の頭を掴む。まず、いい子、いい子、をするように髪の毛を撫で回すと、女子大生は淫らに叫ぶ。

「お姉さんの乳首を、あああっ、舐めて、吸ってぇっ、お願いぃいいっ！」

そして詩織の手に、ぐっ、と力が込められた。たちまち雅也の唇は、ピンク色の乳首に触れた。

雅也は本能的に口をあんぐりと開け、詩織のバストにむしゃぶりついた。

「ああっ、あああああっ、あああっ！　そ、そうよ、雅也くん！　舌を尖らせるようにして、お姉さんの乳首をぺろぺろってしてして……。あ、あああああっ！　じょ、上手よ、雅也くん、とっても、上手ぅぅっ！」

女子大生のＥカップに、男子高生がむしゃぶりついた。

口で乳房の先端部分を含みながら、舌を猛烈に動かして乳首の根元から先端までを舐めあげる。まさに乳首を〝舌コキ〟しているようなもので、可憐な詩織の乳首も、さすがにどんどん膨れあがっていく。

「ああああっ！　い、イッちゃうよ、雅也くん！　こんなに素敵に舐められると、も、もう、イッちゃうよぉ！」

感じきりながら、詩織は雅也にしがみついてきた。

更に顔面が乳房に押しつけられる。雅也は左の乳房を指で揉みまくりながら、右の乳房に吸いついた。

ちゅ――――っ、と息を吸って、口の中では舌を上下左右に躍らせた。

「ま、雅也くん！　あああぁっ、い、イクぅぅ――――っ！」

詩織の身体が、弓なりになり、そして、がくっ、と崩れた。雅也は乳房から顔を上げながら、高揚感に身体を震わせた。

（ぼ、僕が、詩織さんを、イカせちゃった！）

乳房の谷間の向こうには、詩織が恍惚の表情を浮かべている。肢体も、ひくっ、ひくっ、と震え、エクスタシーの余韻に浸りきっている。

雅也が見惚れるうちに、詩織が意識を取り戻した。

「ああっ……。ま、雅也くん、き、来て、お願い」

詩織の訴えに、雅也は素早く身体を動かした。詩織の脇に寄り添おうとすると、いきなり抱きしめられた。

目の前には、女子大生の美貌。潤んだ瞳に熱く見つめられる。

（ああっ、し、詩織さんと、本物のキスをしたい！　唇にキスをしたい！）

雅也が、詩織も同じことを考えているはずだと確信した瞬間、猛烈な勢いで顔中にキスされた。

今度は、雅也が返す余裕さえなかった。詩織は切羽詰まったように、キスを繰り返す。雅也は「詩織さん、詩織さん」とうわごとのように繰り返す。「好き」とか「愛している」と言えないため、名前を呼び続けるしかないのだ。

抱きあってキスを浴びせるうちに、詩織は雅也に覆い被さる格好となる。

詩織は情熱が高まったのか、舌を伸ばしていきなり雅也の顔を舐め始めた。女子大生の柔らかな舌が頬を前後するとたまらない。雅也は「ああぁっ！」とうめく。

詩織の唇は次に、雅也の首筋に襲いかかる。再びキスの嵐を浴びせながら、真っ白な指が学ランのボタンを外していく。その時に、雅也の身体のあちこちに詩織のバストが密着し、これも相当な快感を与えてくる。

雅也が夢と現の境界をさまようほどになった頃、学ラン、ワイシャツ、そしてTシャツが脱がされ、詩織の唇は雅也の腹部をぺろぺろと舐めていた。

「あああっ……。き、気持ちよすぎます、詩織さん……」

かすれきった声で雅也が呟くと、詩織の指がズボンのベルトに触れた。

金具が外され、ボタン、そしてチャックと進む。もちろん股間は膨らみきっているから、詩織の手が当たれば脳天にまで快感が達する。

とうとうズボンもなくなってしまい、雅也はトランクスだけの姿になった。

すると詩織が身体を動かした。頭をトランクスに持ってくると、下半身は雅也の頭に向けられた。つまりは69の体位で、少年が下、雅也が上になる。

雅也の視界は、ミニのフレアスカートで埋め尽くされた。

（あああっ、詩織さんのヒップが、こんなに近づいて……。この生地の奥に、詩織さんのパンティもあるんだ！）

心臓の鼓動が激しさを増すうちに、詩織の甘えたような、しかし、だからこそセクシーな声が耳に届いた。

「脱がせっこ、しようね、雅也くん……」

女子大生の指が、トランクスの端にかかる。雅也は、それだけで「ああっ」とうめいてしまったが、自分も手を詩織の腰に伸ばす。

雅也の勃起は最高潮に達しているため、詩織はトランクスに指を入れてきた。柔らかな指が、優しく肉棒を握る。雅也が「はあっ」と声を漏らしたものの、必死で唇を噛みしめて快感に抗い、指でスカートのホックを外す。

「すごい、雅也くんのオチンチン、本当に元気いっぱい……。熱くて、固くて、ああっ、たまらない……」

詩織は独り言を漏らすと、肉棒をぐっ、と下腹部に押しつける。こうすることでトランクスのウエスト部分に食い込んでいた亀頭を解放したのだ。

一方、雅也はスカートのチャックに挑んでいた。すーっ、と下ろしていくと、生地が割れていき、女子大生の素肌がどんどんあらわになっていく。予想していたが、パンティの面積は相当に小さいらしい。

少年と女子大生は、ほぼ同時に手を動かした。

雅也はスカートを下ろしていき、隠された女子大生のパンティをあらわにしていく。詩織も同じことをしていて、トランクスを引き、若々しいペニスを外気に触れさせていく。二人はどちらも息を詰め、目の前の光景に集中する。強烈に卑猥な空気が、雅也の部屋に満ちていく。

それから詩織は「あああっ！」と切なげな声を漏らしたが、雅也の方は「うわぁぁあっ！」と声を張りあげていた。

(詩織さん！　こ、これはもう、パンティじゃ、ありません！)

あまりの迫力に、雅也の視線はさまよう。

詩織はペニスを見つめているはずなのに、雅也の目がどのように動いているのか分かるらしい。

「駄目よ、雅也くん……。もっと、ちゃんと、見てぇぇ……」

陶酔しきった声が聞こえた瞬間、詩織は脚を大きく開いて腰を上げた。つまり股間を雅也に見せつけてきたのだ。

「あああっ、詩織さん！」

追い詰められたように悲鳴をあげながらも、雅也は目を見開いていた。

(見える、詩織さんの全てが、全部、見えてるっ！)

詩織のパンティの色は、もちろんブラと同じヴァイオレットだ。

生地は小さいとは思っていたが、これほどとは考えていなかった。完全なＧストリングスだ。紐のようなラインがウエストを回り、中央から真っ直ぐにヒップを縦断するラインが走る。

そういう意味で「Ｔ」バックなのは間違いないが、紐の細さが問題なのだ。

まず雅也の目に飛びこんできたのは、何と詩織のアナルだった。パンティは秘部を隠す気が全くないのだ。

アナルが、これほど可憐で、可愛らしいすぼまりであるとは、十五歳の少年は思ってもみなかった。輝くようなピンク色がぴくぴくと震えている様は、文字通り食べてしまいたいと思う。雅也は圧倒的な衝撃に襲われ、ひたすら熱い視線を送った。

詩織は、それだけで感じてしまったようだ。

視線が快感を与えられるのは、雅也もよく知っている。女子大生が賛美の視線を送っているペニスは、気持ちよさに震え、大量の先走りを漏らしてしまっている。

快感に酔いしれた詩織は甘い口調で囁くとヒップを動かした。すると、普通ならパンティのクロッチにあたる部分が雅也の視界に飛びこんできた。

クロッチとは女性の秘部を覆い包む場所だ。女性がヴァギナを濡らせば染みができる部分になるわけだが、詩織のＧストリングスなら、そんなことが起こるはずもなかった。生地が紐に過ぎないからだ。

「雅也くん……」

「は、はい、詩織さん！」

「たくさん、見てる？　あああっ……」

「見てます、た、たくさん、何もかも、見ています、あぁっ……」

雅也と詩織は、ほとんどあえぎながら、会話を続ける。

「雅也くん、これがお姉さんのクリトリスよ、分かる」

詩織は指で、ピンク色の突起を自分で示す。雅也は上ずった声で「はい」と返事をするのがやっとだった。

皮はもう剥けていて、肉芽が尖りきった姿は、乳首と同じ魅力、卑猥さがある。雅也が視線を集中させていると突然、詩織の唇が亀頭にキスを浴びせた。

「あああっ、し、詩織さん！」

「たくさん見てくれているから、ご褒美よ。さあ、お姉さんのクリトリスは、とってもいやらしくなっているから、触ってみて。どれだけ感じるか、教えてあげる」

雅也は指を伸ばし、ぴくぴく震えている肉芽を触る。こりこりとした感触を味わった瞬間、詩織が「あああぁっ！」と淫らな声を張りあげた。

「そ、そうよ、上手よ、雅也くん！　あああっ、ど、どうして、初めて触っているはずなのにそんなふうに触れるのか、お姉さんは知ってる。か、加奈子の、加奈子のエッチな乳首に触れた時と同じようにしているんでしょ？　ああっ、二人とも高校生のくせに、とってもスケベなんだから、あああっ、気持ちいい！」

詩織は淫らな言葉を喋り続ける。クリトリスの触り方についての指摘は図星で、それは不思議な興奮を雅也にもたらした。

（あああっ、でも何よりいやらしいのは、詩織さんのヒップだ！）

雅也がクリトリスを愛撫すれば、詩織は腰をくねらせる。それが死ぬほどセクシーなのだ。目の前で真っ白なヒップが上下左右に揺れる。

それだけでも最高の光景なのに、更にものすごいことが起きていた。雅也は肉芽を愛撫しているはずなのに、そうするとヴァギナがぱくぱくと唇を開き、透明な液体を垂れ流すのだ。

（これが詩織さんのオマ○コなんだ！　何て綺麗なピンク色なんだろう。こんな素敵なものがスカートやパンティの中に隠されていたなんて！）

雅也の脳裏に、きちんと服を着ていた詩織が浮かぶ。そのイメージを脳裏に残しながらクリトリスを触り、濡れるヴァギナを見つめると興奮がどんどん高まる。

「あああっ、エッチなお姉さんを、こんなに喜ばせてくれるなんて、雅也くんは、とっても悪い子よ、あああっ！　で、でも、本当は、いい子なんだよね、だから、あああっ、ご、ご褒美をあげちゃう！」

詩織は叫ぶと、雅也のペニスを咥え込んだ。

じゅぽっ、と音を立てて、女子大生の唇が亀頭から竿の根元まで進んでいく。雅也は「あああっ！」と悲鳴をあげた。

「そ、そんなに激しく、ましゃやくんの、あああっ、詩織さん！」

「おいひぃよっ、雅也は妹のフェラを体験したからこそ、姉のフェラの素晴らしさも初めて心の底から理解することができた。

唇のすぼまりは絶妙だし、ダイナミックな舌の動きは肉棒を溶かしてしまいそうな勢いがある。更に詩織はわざと涎を垂れ流す。すると口から溢れた液体は竿から球に伝っていき、それがめちゃくちゃに気持ちいいのだ。

猛烈にペニスを舐め尽くすと、詩織は唇を一度、外した。

「雅也くん、お、お姉さんのクリトリスを舐めてぇっ！　あああっ！」

言うと詩織はフェラチオを再開する。じゅるるるる――っ、という淫らな吸引音が響き渡り、雅也は悩乱の極地に追い詰められた。

（駄目だよ、自分が感じてばっかりじゃ！　僕も詩織さんに喜んでもらうんだ！）

強烈な快感に押されてばかりの雅也は、自分を叱咤激励する。フェラチオの官能を必死でやり過ごしながら、クリトリスを凝視する。

（こんなに小さいんだ、乱暴にしたら、痛くさせちゃいそうだ……）

だが、これほど可憐な突起を見ると、雅也はそれを愛してみたくなった。顔を伸ばし、肉芽にキスをした。ちゅっ、という音も小さく、本当に愛情を伝えるための〝口づけ〟だった。

ところが、それは思わぬ効果を詩織にもたらしたようだ。キスをした瞬間、腰ががくがくと震えたのだ。

「あああっ、ま、雅也くん！」

フェラを中断し、詩織が悲鳴をあげる。雅也は「どうしました!?」と焦る。

「ず、ずるいよ、そんなに優しくキスするなんて、あああっ！」

「でも、す、すごく、愛しかったので、あの、つい……」

「お、怒っているんじゃないの、もっと、もっと、き、キスして……」

詩織は言うと、雅也に向けて更にヒップを近づけた。視界いっぱいに拡がる女子大生の秘部に心をときめかせながら、雅也はクリトリスにキスを浴びせる。

ちゅっ、ちゅっ、ちゅっ、ちゅっ、と連続させると、詩織は悩乱した。

「あああっ！　そ、そんな愛撫があるなんて、雅也くんったら、あああっ、すごいよぉっ！　あああっ！」

感じきった詩織は、フェラができなくなったようだ。雅也のペニスは相当に追い詰められていたが、簡単に射精するのは絶対に避けたかった。だから、この〝攻撃ターン〟は相当にありがたかった。

雅也は勢い込んでクリトリスにキスを浴びせ続ける。これで詩織が絶頂に達してくれたら最高なのだが、などと思っていると、急にペニスから圧倒的な快感が生まれ、全身を激しく通り抜けていった。

「あああああっ、詩織さん、そ、そんな、あああああっ！」

何が起きたのか、雅也はたちどころに理解した。

フェラをする余裕を失った詩織は手コキに切り替えたのだ。それ自体はなじみの深い快楽だが、唾液で濡れきった肉棒を指が撫でさするのは未経験の官能だった。

(こ、これ、あああああっ、ぬるぬるしてて、めちゃくちゃに気持ちいい！)

余裕など、全くないことを雅也は知った。

いや、それどころか、キスの間隔が空いてしまったことで、詩織の唇がペニスに戻ってしまった。クリトリスの快感で高まっているのか、更に激しく肉棒を吸い、竿を舐め尽くす。

雅也は無我夢中で、顔を詩織の秘部に突っ込んだ。いよいよ、女子大生の肉芽を舐めるのだ。

ぺろっ、と舌を動かすと、うっとりとするような香りと味が口腔に拡がった。それが雅也を夢中にさせ、舌をデリケートに動かしていく。

「んんんっ、んんんんっ、んんんんんっ！」

たちまち、くぐもった声が、雅也の耳に飛びこんできた。詩織が感じてくれている のだ。その嬉しさが、更に雅也に力を与える。ほんの少しではあるが、フェラの快感を忘れることもできた。

（クリトリスって、舌を動かすだけでいいのかな？ もっと、もっと、詩織さんが感じてくれる方法はないのかな……？）

雅也が思考を巡らせていると、詩織が強烈にペニスを吸い上げた。

じゅるるるっ、という淫らな音が響き、唇が根元から亀頭に向かって上がっていく。

雅也は「あああああっ！」と追い詰められそうになるが、これをクリトリスでやってみたらどうだろうという考えが浮かんだ。詩織の乳房でも吸ってみたことがあったが、とても喜んでもらえたはずだ。

雅也は唇を噛みしめ、その痛みで絶頂を遅らせる。

そして唇をクリトリスに押しつけると、息を吸ってみた。肉芽は愛液で濡れきっているため、それを吸い取る形になった。詩織のフェラチオと同じように、じゅるるるるっという音が響いた。

「んんんっ！ んんっ！ んんっ！ んんん――――っ！」

詩織の声が、変わったように思えた。

切羽詰まった色が、濃くなっているような気がする。雅也は夢中で、どんどん勃起していく肉芽を吸って吸って吸いまくった。

「あぁあぁあん！　そんなに、ぺろぺろしちゃうなんて、雅也くんったら、やっぱり、優しいんだから、あぁあぁあっ！　だ、だめよ、雅也くんは可愛い男の子なんだよ、ペットなんて言ったのは、嫉妬から出た嘘の言葉なんだよ、たから、そんなにぺろぺろされちゃったら、本当にペットになっちゃうよ、あぁあぁあっ！　で、でも、やっぱりペットになってくれたら、嬉しい！　あぁあっ、もっと、もっと、エッチなお姉さんをぺろぺろしてぇぇっ！　可愛いペットになってえぇえぇっ！」

女子大生は淫らにあえぎ、あまりの興奮と快感で全身がスパークしているのだろう。その言葉は支離滅裂なものになっていた。

それが雅也の興奮を更に高めていると詩織の身体が、どっ、と雅也に覆い被さってきた。ヒップの重みも顔に押しつけられ、ひくっ、ひくっ、と震えている。ヴァギナからも透明な愛液がこんこんと泉のように流れだした。

（これって、詩織さんが、イッてくれたんじゃないかな？）

フェラチオも止まってしまい、雅也はそう判断した。

だが、すぐに詩織の力は復活し、雅也の身体から浮いた。じゅるるる、という音も再開し、そのまますぽん、と抜けた。

詩織が、やはり唾液まみれのペニスを握りしめながら言う。

「す、すごいよ、雅也くん……。私、軽くイッちゃった……」

「ほ、本当ですか……!? 嬉しいです、すごく、嬉しいです」

「きっと加奈子、喜んでくれると思うよ。雅也くんって、人のために尽くすんだね。本当に、本当に、素敵だよ」

「詩織さん……」

雅也は呟きながら、自分の長所をやっとのことで見つけられたような気がした。これまで褒められるとひどい場合は動揺してしまっていたが、「人のために尽くす」という表現は素直に受け入れられる。

「さあ、雅也くん、次はお姉さんのオマ○コよ……。まず、ここを舐めてみて」

「は、はい!」

雅也は舌を伸ばし、今度は女陰の秘裂に挑む。詩織は、そんな雅也を励ますように声をかける。

「お姉さんのは、もう恥ずかしいぐらいぐしょぐしょだけど、加奈子は緊張してあまり濡れないかもしれないから。さっきのクリトリスみたいにしてくれたら、絶対に大丈夫だから、自信を持ってね」

分かりました、と返事をする代わりに、雅也は舌をヴァギナに這わせた。

「あ、ああああっ！　そ、そうよ、雅也くん、その調子、あああああっ！」

自分のことを後回しに、詩織のことだけを考えて、舌を上下に優しく動かす。するとヴァギナは歓喜したように口を開閉させ、愛液の量が一気に増えた。

（あああ……。詩織さんの身体って、どこもいい香りがして、どこも美味しいけれど、この愛液はその中でも一番、美味しい……）

雅也は舌を使いながら、愛液を飲もうと吸ってみる。ぴちゃ、という音と、じゅるっ、という音を交互に響かせると、詩織は「あああっ！」と淫らにあえぐ。

「雅也くんの舌、あああっ、そんなに動かしちゃうなんて、ああああっ、ま、雅也くんの口が当たって、あああっ、吸っちゃうのね、あああっ、エッチなお姉さんのオマ○コの汁を飲んでくれるなんて、あああっ、嬉しいよ、雅也くん、可愛いよ、雅也くん、あああっ、こんなに気持ちいいの、初めてぇっ！」

クリトリスの時よりも、腰の振り方は淫らに思える。それだけ快感が深いのかもしれない。雅也が更に舌を大活躍させようとすると、詩織が「雅也くん！」と名前を呼んだ。

「も、もう、大丈夫よ。雅也くんは、すごく覚えるのが早くて、上手だから、あああっ、ご、ごめんね、もうすぐイッちゃいそうなの。さっきまでずっと我慢していたんだけど、もう駄目なの、あああああっ！」

「い、イッて下さい、詩織さん！」

雅也がヴァギナを舐め尽くそうとすると、詩織は「いやあっ！」と叫んだ。そして恥ずかしそうな声で言う。

「ご、ごめんね、わがまま、言っていい？」

「何でも、何でも言って下さい！」

「指で、雅也くんの指でオマ○コをかき回されてイキたいの。そ、そしてね、雅也くんもフェラチオでイッてほしいの。二人で、一緒に……」

詩織の言葉は、雅也の心を激しく打った。

（そ、そうだ。これだけ心がつながっていれば、付き合うとか恋人とか、そんなことはどうでもいいんだ。僕が世界一、幸せな男なんだから！）

雅也が「分かりました」と答えると、詩織はゆっくりと指でペニスを触ってきた。射精させてしまわないように気をつかってくれているのだ。

「加奈子には、人さし指を入れてあげてね。で、でも、お姉さんはエッチだから、二本入れてほしいの……。ゆっくりと落ちついて進めてくれれば、きっと雅也くんなら大丈夫だよ……」

言うと詩織は、もっと脚を開き、腰を上げてくれた。

雅也は女子大生のヴァギナを熱く見つめ、人さし指と中指を揃えると、それを入口に当てた。指はあっという間に濡れる。

「あああっ、い、入れて、雅也くん！　ずぶっ、って、たくさん、ちょうだい！」

雅也は息を止め、ゆっくりと指を進めてみた。

自分にできるかどうか、正直なところ自信がなかった。ところが、第一関節が入ったぐらいになると、ヴァギナがいかに喜んでくれているのかすぐに分かった。女陰は優しく開ききっているし、中は潤いが豊かだ。

（ああぁっ……。僕の指を、詩織さんのオマ○コが、可愛がってくれている）

膣襞の蠢きは、まるで歓迎の意を伝えてくれているようだった。雅也は勇気を得たような気持ちになり、一気に指を奥に進めた。

「雅也くん、あああぁっ！　そ、そうよ、あああっ、気持ちいい！」

きっと強烈な快感を得たのだろう、詩織は一度、ペニスから唇を離して歓喜を伝えると、再び肉棒に唇を戻していった。

それからの二人は、ひたすらにエクスタシーの階段を昇っていく。

雅也は詩織の反応から、最も感じるところを見つけた。膣の中に少しくぼんでいるところがあり、そこを適度な力で押すと、詩織はフェラを続けられなくなってしまう。

「あああ――っ！」と淫らに絶叫し、「オマ○コ気持ちいいよ、雅也くん」と夢中で淫語を口にする。

だが、詩織がフェラに戻れば、今度は雅也が「あああっ！」と感極まる。詩織も雅也がどうしたら喜ぶか見抜いてしまっている。

唾液に濡れた球をリズミカルに触り、亀頭部分を咥え込んで舌を猛烈にかき回されるのが、最も雅也が好きなテクニックだった。

ヴァギナからは、ぴちゃぴちゃという水音が響き始め、ペニスは膨張して反り返るほどの勢いを見せると、雅也も詩織も互いの絶頂――もしくは自身が限界を迎えていること――を知った。

後は、どうやって二人のエクスタシーを一緒にするか、という問題だけが残っているはずだったのだが、その時、異変が生じた。

詩織がフェラをできなくなってしまったのだ。

「雅也くん、あああああっ！　私のオマ〇コがおかしいの、いつもとは全然、違うの、あああああっ、ど、どうしたんだろう、あああっ！」

「痛いんですか、詩織さん!?　だったら、僕、すぐにやめないと」

「違うの、痛くなんかないの、気持ちよくて仕方ないの、あああっ！　で、でも、何かが出ちゃいそうなの、こんなの初めてで、あああっ！」

雅也がポイントを責め続けると、水音は相当な大音量になってきた。興奮というよりは好奇心に後押しされ、雅也は集中的に指を突き込んでみた。

「あああっ、ま、雅也くん、そ、そんなことしちゃ、だ、駄目ぇえっ！　い、イッちゃう！　もうめちゃくちゃに、あああっ、イッちゃうぅ——っ！」

四つん這いになっている詩織は、身体を反らせて達した。

その瞬間、ヴァギナから無色透明の液体が、大量に噴きだした。ホースや蛇口から飛びだしたように一本の線になっていて、雅也の顔を直撃した。

「いやあああああっ！　ああああっ、あああああああ——っ！」

詩織は狂乱し、ずっと液体を噴き続ける。雅也の顔はびしょびしょになり、口で飲んでしまったが、本当にミネラルウォーターのように透き通っている。

（それに、すごく温かい……。これが詩織さんの体温なんだ……）

興奮ももちろん強いが、それよりも女子大生の母性に心も身体も満たされるような感覚が圧倒的だった。

とうとう雅也の下半身が、蕩けきった。

「イキます、詩織さん、僕もすぐに、あああっ、い、イクぅぅ——っ！」

詩織は、やはり完璧だった。

ほとんど意識を失っているような状態だったはずなのに、雅也の言葉で我に返ると、フェラを再開させることに成功した。

雅也は顔に降り注ぐ潮、ペニスで感じる唇と口腔、そして亀頭を舐め回す舌という、それぞれの快感だけでなく、それぞれの温かさにも深い官能を感じながら、大量の精液を詩織の口に発射していった。

びゅるっ、びゅるるるるっ、びゅるるるる――っ！

男子高校生は、まるで女子大生に甘えきり、身体を全てを委ねるような勢いで激しい射精を行った。

「じゅるっ、じゅるるるっ、じゅるるるるるるるる――っ！」

妹も先輩だが、姉はある意味で正真正銘の「年上のお姉さん」だ。十五歳の爆発を全て愛しむように、詩織は雅也のザーメンを飲み尽くす。

69で同時に達した二人は、意識を失っていた。

雅也が目を覚ましたのは、自分の顔を詩織が舐めまくっているからだった。意識を取り戻したことに気づいた詩織は「ごめんね、ごめんね」と謝罪を繰り返した。

何も謝られるようなことはしていない、と雅也が言うと、詩織は漏らしてしまったことを恥じているようだった。

「そ、そんな！　あ、あんなに美味しい液体、僕は初めてでした」

雅也が強く反論すると、詩織は真っ赤になった。そして消え入るような声で、あれは潮と呼ばれていて、女性がエクスタシーに達すると噴きだすものなのだと教えてくれた。

「でも私、これまでに一度も、こんなことなかったの……。雅也くんって、本当に童貞なの……!?」

「も、もちろんですよ、そんなことで嘘はつきません！」

詩織が、ぷっ、と吹き出したことがきっかけになって、二人は笑いだした。

ベッドでしっかりと抱きあい、笑いながら左右に転がる。そうやってじゃれあっているうちに、詩織がベッドで横になり、雅也が覆い被さるという格好になった。たちまち詩織が「うわぁ」と感嘆する。

「どうしたんですか、詩織さん？」

「だって、雅也くんのオチンチン、こんなに元気」

「え……？　あ、あああっ！　いや、こ、これは、あの、その……」

雅也のペニスは、射精前と全く変わらない勢いでそそり立っている。そして亀頭は詩織のクリトリスにしっかりと当たっていた。

たちまち女子大生は瞳を潤ませ、手でペニスを優しく握る。

「雅也くんの童貞、お姉さんがもらっちゃうよ、いいよね？」

「も、もちろんです！　ぼ、僕がお願いしなきゃいけないぐらいで……」

雅也が勢い込んで説明しようとすると突然、詩織が腰を動かし、指で竿を握ってヴァギナの入口に導いた。雅也は「うあああっ！」と叫んだが、すると全ての動きがぴたっと止まった。

「し、詩織さん⁉」

「雅也くん、ちゃんとオチンチンを見てね。私は入れてあげることができるけど、加奈子は絶対に無理なんだから」

雅也は電流に打たれたようなショックを感じ「はい！」と慌てて返事をする。亀頭の先がどこにあるかを凝視し、ヴァギナの入口がどこにあるのかを確認した。

「オマ○コの入口に沿って、オチンチンの先を動かしてみて」

言われた通りにしてみる。クリトリスの最も近くまで持っていき、それからゆっくりと下ろしていく。すると突然、亀頭がすっ、と沈む場所がある。

「そうよ、雅也くん。それがオマ○コの入口なの。じゃあ、自分の力で入れてみて」

詩織は相当に興奮しているようで、全身が紅潮している。それを見下ろしながら腰を進めていくと、異常なほどの昂りが全身に満ちる。

雅也は下半身に、ぐっ、と力を入れた。すると亀頭がヴァギナに入っていき、続いて竿が消えていく。それを、はっきりと記憶に収めた。

（あ、あああっ、指と同じ快感が、僕のオチンチンに……。こ、これが、セックスなんだ、な、なんて気持ちいいんだろう！）

雅也は、心に湧き上がる万感を、たった一言の単語で表現した。

「詩織さん！」

「雅也くん！　ああああっ、すごく固くて、ああああっ、こんなオチンチン、本当に初めてだよ、ああああっ、たくさん、お姉さんのオマ◯コに、ちょうらあい！」

詩織の懇願は、男心をかき立てる。雅也は夢中で腰を前に進めようとするが、根元まで挿入していたことを忘れていた。

だが、そんな失態を犯しても、詩織は笑ったりしない。

「雅也くん、オチンチンが子宮をぐりぐりして気持ちいいよっ！　そのままぐりぐりさせたら、一度引いて、それからまた押してみて、そ、そうだよ、ああああっ、最高のオチンチンが、お姉さんのエッチなオマ◯コで暴れてるう、あああっ！」

まさに今、童貞を失ったばかりの雅也でも、詩織の優しさは分かった。

確かに半分は本当なのかもしれない。ペニスを奥まで押し込んで、更に腰を前に進めると、亀頭の先に柔らかく当たる感覚があった。

だが、お世辞にも詩織が興奮しているようには見えなかった。きっとセックスに慣れてくれれば、ピストン運動の合間に子宮の入口を愛撫し、女性に強烈な快感を与えることができるのだろう。

雅也は明確に間違えたのだが、それを詩織の場合、直接には言わない。細かな気遣いをしながら、正しい方向に導いていく。

（もし詩織さんがいなかったら、僕と加奈子先輩の関係はどうなっていたんだろう？）

セックスの最中にもかかわらず、不安が心をよぎる。結局、加奈子も雅也も詩織を頼っているのは事実だ。

三人が幸せになる方法なんてあるんだろうかと思いながら、雅也は腰を引き、ヴァギナの入口まで亀頭を移動させる。

そして短く深呼吸すると、いよいよ腰を前に進める。ところが、ほんの少しだけ亀頭が動いた瞬間、とんでもない快感に襲われた。

「あ、あああっ、こ、これは、詩織さん！」

「あああっ、雅也くんのオチンチンがすごく固くなって、膨れあがってる！　あああっ、す、すごく、気持ちいい！」

「そ、そんなに締めないで下さい、ぼ、僕はもう、あああっ！」

快感も度が過ぎると苦悶を生む。雅也はきつく目を閉じてしまった。

（な、なんだ、これは！　詩織さんのオマ○コの中には、指とか舌があるみたいだ。それがめちゃくちゃに動いていて、あああっ！）

つまり詩織は、いわゆる〝名器〟であり、膣襞の蠢きが凄まじいのだ。

そんな中に〝突入〟してしまったのだから、十五歳の全く経験のない肉棒はひとたまりもない。

腰を進めるごとに、ペニスの膨張は激しくなり、先走りが膣の中に噴きだされるのがはっきりと分かる。これはエクスタシーの前兆なのは間違いない。

雅也は本能的に、早漏は恥だと思っていた。たちまち悲鳴をあげる。

「し、詩織さん、ちょ、ちょっと一度、抜いて、それから……あああっ！」

「駄目だよ、雅也くん！　雅也くんの射精を、お姉さんのオマ〇コでもたくさん感じたいの！　お姉さんのエッチな子宮で、雅也くんの精液をたくさん飲んであげるから、お願いだから、そのまま来てぇぇぇ――――っ！」

だが、どうしても雅也は躊躇してしまう。

すると詩織は、極めて〝乱暴〟な手段を取った。長い脚を動かして、雅也の腰に巻き付けたのだ。これで雅也は後ろに戻ることはできなくなった。

更に両手を背中に回し、すがりつくように抱きついてきた。

「ちょうだい、雅也くんの精液、お姉さんに、たくさん、ちょうらぁい！」

とどめを刺したのは、ろれつの回らない詩織の口調だ。雅也は頭は真っ白になり、何も考えられないままピストン運動を再開してしまった。

いわば〝自滅〟の道をひた走っているわけだが、それはあまりにも甘美で、強烈な官能に彩られた道だった。

ぐっ、と押し込み、詩織の子宮を責めるところまでは保つことができた。

だが、二回目に引いていく時、もう圧倒的な射精感に包まれてしまっていた。ヴァギナの入口で亀頭が爆発的に膨張し、普通に前に進めていっても、めりめりと音がしそうなほど膣道を拡げていった。

「雅也くん、あああっ、ああああああ――っ！　こんなオチンチンを、優しい男の子が持っているなんて、それは反則だよ、ああああああ――っ！」

「詩織さん、も、もう駄目です、出ちゃいます、イッちゃいます！」

「来て、雅也くん！　スケベなお姉さんのオマ○コに、たくさん、白いのを、オマ○コの中に迸らせて、な、中で、いっぱい出してぇ――っ！」

雅也の腰が、へなへなと崩れた。

全体重をかけるようにして、詩織に崩れ落ちていく。もちろんセクシーで、飛びきり優しい女子大生は、しっかりと抱きしめて受け止めてくれる。両脚はきつく雅也のヒップを〝ホールド〟していて、射精をするまで絶対にヴァギナからペニスを抜かせないようにしている。

雅也の頭が、真っ白になった。

ペニスが子宮に最も近づいた瞬間、大量の精液を中出ししていた。

とても二発目とは思えないほどの勢い。膣道を直進し、口を開けて待っていた子宮に浴びせかける。

詩織のヴァギナの中では、凶暴といえるほどの激しい射精が展開されていたが、ベッドの上では極めて静かなエクスタシーとなっていた。

雅也は詩織に抱きしめられ、完全に気を失っていた。

あっという間に達してしまったが、詩織も相当な快感を得ていた。十五歳のペニスの破壊力に蹂躙され、同じように夢と現の境をさまよっていた。

だが、女子大生の場合は、少しだけ意識が残っている。

右手が雅也の頭に回り、髪の毛を優しく撫でている。それは恋人になることのできない〝カップル〟にとって、キスの代わりとも言えるほど愛情に満ちたものだった。

第四章　オリジナルランジェリー・女子高生と女子大生との３Ｐ

雅也は、ひたすらに土曜を待ち続けた。

詩織は妹の加奈子と一緒に訪れることに同意してくれている。だが、雅也の思いつきによってアイディアが浮かび、何かを計画しているようだが、その詳細は結局、教えてもらえなかった。詩織がどうするつもりなのか全く予想もできないが、現実的に大変なことが一つあった。女子大生から「オナニー禁止」を命じられたのだ。

性欲が旺盛な十五歳にとって、これは大変なことだった。少しでも気を許すと教室でも勃起しそうになり、精神のコントロールが非常に難しかった。

ただ、クラスメイトの中で加奈子のファングループが「先輩が火曜から学校を休んでいる」と大騒ぎしているのを目撃することができた。詩織や加奈子が何かを始めようとしているのは明らかだった。

何かが起きているようだが、それがどういうものかはさっぱり分からない。一方、気になっていた母親の問題はあっさりと解決した。土曜は日帰り出張が決まり、朝からいないのだという。

後は、何もすることがない。

詩織の言う「アイディア」を信じ、雅也はとにかくオナニーをしてしまわないことだけを考えて週末を待った。

そして、土曜がやってきた。

雅也は時間ぎりぎりまで寝ようと思っていたのだが、かなり早くに目を覚ましてしまった。緊張もあるのだろうが、意外に影響を与えているかもしれないのがオナニー禁止という詩織の命令だった。

ベッドで起床すると、股間はとんでもないことになっていた。

雅也は短パンを穿いて寝るのだが、ここまでテントを張っているのは初めて見たような気がした。

(本当に、破れちゃいそうだ……)

驚きながら、とにかく風呂に入ることにした。どんな展開になるかは分からないが、だからこそ身体は綺麗にしておきたい。

ところが、普段なら何ということもないことが、オナニー禁止のせいで大変なことになってしまった。ボディーソープをつけたスポンジを、いよいよペニスに持っていこうとすると、それだけで甘美な電流が走ってしまう。

(あ、あああっ、これだけでイッちゃいそうになるのか!)

雅也は、まじまじとペニスを見つめた。そして時間がたくさんあることを感謝しながら、ゆっくりそっと肉棒を洗うことに決めた。

風呂を上がり、約束の時間を待ち続けていると、とうとう玄関のチャイムが鳴った。ドアを開けると、目の前には姉妹が立っていた。圧倒的に光り輝く姿は、まるで後光が射しているようだった。

「こんにちは、わ、若松くん。久しぶり、だね」

「こんにちは、雅也くん」

姉妹は、それぞれのキャラクターにフィットした挨拶を口にする。

雅也は全身がばらばらになってしまうのではないかと思いながら、辛うじて「こんにちは」と挨拶を返す。

セクシーなお姉さんと、清純で可憐な先輩――対照的な女子大生と女子高生の魅力に打ちのめされながらも、雅也の脳は回転する。

（それにしても、詩織さんが言った『三人が幸せになる方法』って一体、どういうことなんだろう……？　何よりも、僕の優柔不断が原因で、詩織さんと加奈子先輩に迷惑をかけちゃってる。それを謝らなくていいんだろうか？）

ずっと頭から離れなかった疑問を改めて繰り返してみたが、気がつくと雅也の頭は姉妹を賛美してしまう。

（あ、あああっ……。でも、でも、詩織さんと加奈子さんが一緒だと、美しさが二倍どころか、二乗になるって感じだ！）

単に姿を見ただけなのに、雅也の心は圧倒的な感動に包まれた。

よく似合っているが、やはり姉妹は好対照のファッションを着こなしている。姉の詩織は真っ白なブラウスに、目も覚めるようなブルーのフレアミニスカート。妹の加奈子はクリーム色のワンピース。スカートの丈はロングだ。

雅也と目が合うと、姉妹は異なるリアクションを示す。

先に雅也は妹の加奈子を見てしまったが、そうすると美少女は頬を赤く染め、顔をうつむかせてしまった。

雅也も顔を赤らめながら姉の詩織に視線を移すと、今度は華やかな微笑が待ち受けていた。

十五歳の男子高校生は、このセクシーで優しい女子大生を頼りにするしかないと思っていると、いきなり詩織が口を開いた。

「オナニーを、ちゃんと禁止してるんだね、偉いよ、雅也くん」

「え、えええっ!?　ど、どうしてそれを！」

「だって、短パンが膨らんでいるんだもん」

くすくす笑いながら、詩織がかなり強烈なことを言う。雅也は慌てて股間に目を向けると、確かに半勃ちぐらいに膨らんでいる。

(ひょっとして、これから大変なことになるのかな……)

雅也は不安を感じながら、姉妹を部屋の中に案内する。だが、廊下を歩く詩織が、あまりに緊張しているため、そこで雅也は詩織が何のために股間のことを口にしたのか気づいた。

(きっと、僕らの雰囲気をなごませようとして……)

ちらりと詩織を見たが、だが女子大生の姉は意外なほど涼しげな顔をしている。雅也は喉がからからに渇いていくのを感じながら、自室のドアを開けた。

中に入ると、いつもは殺風景だった部屋に、美人姉妹が入ってきたのだから、その変貌は著しい。電気の明かりを十倍に増やしても、ここまできらきらと輝くことはないだろうと思った。

しかし、これから先、どうしたらいいのか分からない。

雅也が戸惑っていると、詩織が「雅也くん」と声をかけてくれた。ほっとした雅也は詩織に「はい」と返事をする。

「ちょっと私たち、用意したいものがあるの。ベッドを使っていい?」

「も、もちろんです」

「それでね、ちょっとの間でいいから、後ろを向いててくれないかな?」

「あ、はい。それが必要なら」

雅也は部屋の中央に立ち、ベッドに背を向けた。がさごそと何かを取りだす音がしたり、さらさらという衣ずれの音が聞こえてくる。

詩織が「もうちょっと待ってね」と、気をつかって声をかけてくれる。雅也が「大丈夫です」と答えたりするうちに、姉妹が小声で何かを話している。

雅也が直立不動の姿勢を保っていると突然、「若松くん」とか細い声が耳に飛びこんできた。まさか妹の加奈子が声をかけてくるとは思わず、雅也は「は、はい！」と緊張した口調で答えた。

「あのね、私がデザインしたランジェリーが完成したの。学校を休んで、一生懸命作ったんだ。それを若松くんに見てほしくて。今、着替え終わったところ」

雅也は、かーっ、と頭に血が昇るのが分かった。ということは、少なくとも加奈子は下着姿だということになる。

「若松くん、遠慮しないで、正直な感想を聞かせてくれる？」

「分かりました。本当に、思ったことを口にします」

「じゃ、じゃあ、私たちの方を、向いてくれる？」

雅也は反射的に目をつぶり、まず身体を回した。そして、それからゆっくりと目を開いた。

「あ、あああああっ！　加奈子先輩、詩織さん！」

十五歳の高校生は、姉妹が共にランジェリーだけの姿になっているのを捉えた。

全身に電流が走り、体温が確実に数度は上昇した。何より頭がスパークしてしまっている。加奈子のデザインした下着に打ちのめされていた。

姉妹のランジェリーは形は全く同じだが、色は異なっている。姉の詩織が赤、妹の加奈子は純白。

（詩織さんと、加奈子先輩の、お、おっぱいが、並んでいる！）

ランジェリーを見なければならないとは分かっていても、雅也の視線は二人の胸元に集中してしまう。

姉のEカップと、妹のFカップは、何にも隠されていなかった。

ブラジャーはワイヤーこそはあるが、それはバストを素通りしてしまっている。カップが全く存在しないのだ。

それだけではノーブラと変わらないが、バストの下を支える部分だけは存在している。いわば、ブラジャーが姉妹のバストを手で持ちあげているような感じだ。

姉妹の乳首と乳輪が、丸見えになっている。

雅也は血走った目を走らせる。詩織のバストは、この間に見た通りだ。乳輪も乳首も淡いピンク色で、乳首は華奢で可憐な風情をしている。

一方、妹の方は、表面的なキャラクターとは正反対だった。

色は情熱を感じさせる赤。乳輪の面積は小さいし、乳首も幅は細いが、突起の具合はかなりのものだ。まさに「吸って下さい」と卑猥に懇願しているような雰囲気を持っている。

雅也は息を止めながらバストを凝視した。ずっと、このまま見ていたい気もするが、パンティに視線を移さないわけにはいかない。〝批評〟を口にするためには必要だということもあるが、単純に見たくて仕方がないのだ。

少し視線を下げただけで、後頭部を殴られたようなショックを受けた。

フロント部分は、かなりのハイレグ。母親の玲子でも採用しないような鋭角なラインで切れあがっている。

周囲はシンプルなラインで構成されている。単に「▽」の形を尖らせただけという感じだが、それには理由があった。

雅也が異変に気づくと、再び大声を張りあげていた。

「あ、あああああっ！　そ、そんな、あああっ！　あああ――っ！」

視線は一気に、パンティの中央部分に集中する。

(絶対に、あれはヘアだ！　詩織さんと加奈子先輩の股間に生えているものだ！)

一見すると、ツートンカラーのパンティに見える。姉の場合は赤と黒、妹の場合は白と黒。いずれも中央に黒いラインが走っているのだ。

ところが目を凝らすと、黒に様々な〝ムラ〟があるのが分かる。生地がメッシュ状になっているのも変わっている。

そこで視線のピントを合わせてみると、全てが分かるという仕掛けだ。つまりパンティの真ん中は丸ごとシースルーになっていて、姉妹の秘毛が丸見えになってしまっているのだ。

「わ、若松くん……?」

加奈子が心配そうな口調で声をかけてくると、詩織が笑った。

「大丈夫だよ、加奈ちゃん。ほら、一緒に来て」

詩織が前に進もうとするが、加奈子は恥ずかしがって足を動かさない。詩織は微笑を浮かべ、妹の手を握り、引っぱるようにして連れてきた。

雅也の前に、過激なランジェリーを身にまとった二人の姉妹が立った。

加奈子が詩織に向かって言う。

「ほら、加奈ちゃん、雅也くんのオチンチン、見てごらんよ」

美少女は頬を赤く染めながらも、姉の指示に従う。視線が移動すると、「ああっ」と悲鳴のような、あえぎ声のような叫びを漏らした。

雅也は加奈子の視線が短パンに集中しているのを感じ、四肢を震わせた。

自分の身体がどうなっているのか、今なら完璧に分かっている。ペニスは完全に勃起してしまっていた。

ここは勇気を出して、説明するしかない。そう思った雅也は、緊張で震える口を何とかして動かした。

「さ、さっき、詩織さんが仰った通りです。ぼ、僕のオチンチンは今日、とりわけ元気ですけれど、さっきまでは半分ぐらいまでの力しかなかったんです。で、でも、加奈子先輩の作品を拝見すると、ものすごい勢いになりました……」

詩織が心から嬉しそうに「よかったじゃない、加奈ちゃん」と言い、加奈子は「ありがとう、詩織ねえさん」と礼を言った。

だが加奈子の身体は硬直してしまっている。表情も能面のように無表情だ。それに気づいた詩織が声をかける。

「加奈ちゃん、そういうのって、よくないよ」

「な、何が、よくないの？」

「せっかく雅也くんが頑張って本当のことを伝えてくれたのに、雅也くんにも、ちゃんとお礼を言わなきゃ」

姉の指摘で、妹の顔色が変わった。

「あ、ああぁっ！　ご、ごめんなさい、本当に、ごめん……」

「い、いいえ、僕は大丈夫です」

「どうしたの、加奈ちゃん？　何か変だよ」

「だ、だって、すごく恥ずかしいんだもん。詩織ねえさんが側にいてくれると安心できるけど、で、でも……」

「意外でしょ、雅也くん？」

いきなり詩織が話題を振ってきて、雅也は「えっ⁉」とうろたえた。

「加奈ちゃんのこと。学校ではクールとか言われているみたいだけど、私の前だといつもこうなの。小学生の頃から全く変わっていないのよ」

「も、もう、詩織ねえさんったら！」

「あ、やっとのことで加奈ちゃんに表情が出てきた」

姉妹のかけあいを、ぽかんと口を開けて雅也が見つめていた。何と言うことのない平凡な会話だが、やはり姉妹の間に存在する絆が強い気がする。

（こういう雰囲気だったら、確かに何でも話せるんだろうな……）

雅也が心の中で納得していると、詩織が加奈子に言う。

「さあ、加奈ちゃん、あとは雅也くんのオチンチンにもお礼を言わないとね」

唐突な発言に、加奈子だけでなく雅也も同時に「ええっ⁉」と声を揃えた。だが詩織は涼しい表情を浮かべている。

「だって、このオチンチンのおかげで、加奈ちゃんはここまで頑張れたんでしょ？　だったら、感謝を示すのは当然じゃない」

「た、確かに、詩織お姉ちゃんの言うことは分かるけど、で、でも、どうしたらいいのか分からないよ！」

「簡単よ。触ってあげればいいの。これまでにも加奈ちゃんは雅也くんのオチンチンを握ったり、しごいてあげたりしたんでしょ？」

姉のあけすけなトークに、たちまち妹は身体まで赤く染まった。だが、詩織はそれぐらいでは全く容赦しない。

「じゃあ、私が触っちゃうよ？　雅也くんのオチンチン」

赤のランジェリーを身にまとった姉が、素早く手を伸ばそうとすると、純白のランジェリーを着た美少女が「駄目えぇっ！」と叫んだ。

そして加奈子は無我夢中という感じで、雅也の短パンを触っていた。

もちろん、完全に膨らみきった部分に指を這わせたのだ。オナニー禁止で性感が高まっている雅也はたちまち「あああああっ！」と大きな声を漏らした。

詩織は加奈子の耳に唇を寄せ「それでいいのよ」と甘く囁いた。加奈子は恥じらいながらも、顔を縦に振った。

加奈子の手は、しっかりとペニスの竿を握っている。すると詩織は加奈子の後ろに回り込む。そして唇を妹の耳元に近づけた。

「どう、オチンチン、触っているだけで興奮しちゃう？　嬉しい？」

「う、うん……。と、とっても……」

「よかったわね。さあ、もっとオチンチンの上で、滑らかに指を動かしてみて。そうしたら、雅也くんはとっても喜ぶよ」

加奈子は、しっかりと握っていた手を離した。そして戸惑う素振りを見せたものの、指先を使い、短パンを突き破ろうとしているペニスの優しく撫でさすった。

この快感は、雅也にとっては、かなり強烈だった。

「あ、あああああっ！　か、加奈子先輩！」

雅也の狂乱を見た姉妹は、同時に瞳を潤ませる。

「加奈ちゃん、あんなに雅也くんが気持ちよくなってくれてるよ、嬉しいね」

「うん、すごく、嬉しい」

姉妹を見ながら雅也は、妹の加奈子が姉の詩織の、操り人形になってしまったのかと思った。

(多分、詩織さんは、異常な状況を利用しているんだ……)

雅也が確信したのは、加奈子の瞳の色だ。焦点が合っていない。

本来なら加奈子も、詩織がいてほしくはないはずだ。実際、詩織は一対一で雅也とセックスをしている。

ただ、さすがに怖いのだろう。加奈子は処女だ。だから、普段から相当に頼り、尊敬している姉が側にいると落ちつくのだ。その、ちょっと普通とは異なる依存心と、姉妹で半裸になって一人の少年に向かい合うという特殊な状況を利用し、ちょっとした催眠状態に陥らせた——もう童貞ではない雅也は、回転は人並み以上の頭脳を利用して、そんな〝分析〟を行ってみた。

だが、もちろん十五歳の少年でしかないという事実は変わらず、しかも結局は、たった一回、セックスをしたに過ぎない。分析が仮説であるどころか、単なる妄想でしかない可能性は充分にある。

ひたすらに頭をぐるぐると動かすだけの雅也の前で、姉が妹に話しかける。

「ねえ、加奈ちゃん……」

「なあに、詩織ねえさん」

「雅也くんと、キスをしたくない？」

「え、ええええっ……。そ、それは、したくないって言ったら、嘘になるけど。で、でも、やっぱり、私と若松くんは友達だし……」

「大丈夫。じゃあ、お姉ちゃんと一緒に、雅也くんの頬にキスしようよ。それならできるでしょ？」

加奈子は、陶然とした表情で、顔を縦に振った。

それから姉妹は、雅也の両脇に立つ。加奈子だけはペニスを握りしめている。態勢が整ったのを見た詩織が「じゃあ、いくよ」と言う。

（あ、あああっ！　詩織さんと加奈子先輩が、どんどん僕に近づいている！）

強烈に心を動かされるのを感じながら、雅也はその瞬間を待った。

ちゅっ！　ちゅっ！

可愛らしいキスの音が二つ、同時に発生した。

「はああっ、あああっ、あっ！」

単なるライトキスであっても、美人姉妹のWキスとなれば快感は凄まじい。雅也は大きく叫んでしまった。しかも加奈子はペニスを愛撫したまま口づけをしてくれたのだ。たちまちトランクスの中に大量の先走りが漏れだした。

キスを終えた詩織が、加奈子に感想を聞く。

「どうだった、雅也くんの頬へのキス？」

「す、すっごく、素敵だった……。どきどきしちゃったし、嬉しかった」

「ねえ、そんなにいいのなら、唇にもキスしちゃおうよ。私は全然構わないし、雅也くんのファーストキスの相手になれるんだよ？」

詩織が煽ると、加奈子の顔はこれまでに見たことがないほど真っ赤になった。すかさず、詩織が追い打ちをかける。

「じゃあ、私がしちゃおうかな、雅也くんのファーストキス、奪っちゃおうかな？」

「だ、駄目だよ、詩織ねえさん、それは、駄目っ！」

「じゃあ、加奈ちゃんがしてあげようよ。ね？　雅也くんには、とってもお世話になったんでしょ？　感謝の気持ちを込めて、軽く唇にキスしようよ」

加奈子の瞳が、激しく揺れた。

だが、身体の方が先に動いてしまったようだ。右手でペニスを握りながらも、加奈子は、その清楚な美貌を、どんどん雅也の顔に近づけていく。

（あ、あああっ、ぼ、僕が、加奈子先輩と、キス……!?）

感激も凄まじいが、それだけ緊張も半端ない。雅也の全身が硬直してしまい、気をつけ、の姿勢になった。

加奈子の瞳が、どんどん視界の中央を占めていく。本当にあと少しで唇と唇が触れあうという瞬間、ぱっ、と美少女の表情が変わった。正気を取り戻した。

「あ、ああっ！　こ、これも駄目だよ、詩織ねえさん！」

詩織はすぐに、加奈子にかけていた〝催眠術〟が解けてしまったことに気づいたようだ。慌てているのを必死にごまかしながら、何とか唇を動かした。

「どうしたの、加奈ちゃん？」

「だって、キスってもっと大切なものだよ。わ、若松くんが、付き合ってもいない女性とファーストキスをするなんて、や、やっぱり、いけないよ」

「じゃあ、雅也くんと付き合ったら？」

気軽そうな口調で、詩織は言った。加奈子は「えっ⁉」と驚き、ペニスから手を離してしまった。雅也は「ふぅ」と小さく吐息を漏らすと、快感から解放され、自由自在に動かせることになった思考をフル回転させる。

（詩織さん、きっと方針を変えざるを得なくなって、それで正攻法にしたんだ）

多分、詩織の「アイディア」とは、妹を乗せてキスをさせてしまい、その〝既成事実〟を使って妹と雅也をカップルにしてしまおうというものだったのだろう。

大人で優しい、いかにも姉の詩織らしい考えだと思った。

（でも、きっと、それじゃあ、加奈子先輩が納得しない。それは僕も同じだ）

この問題が複雑なのは、加奈子も雅也も共に詩織を必要としているということだ。それで嫉妬心や独占心が上手く機能せず、みんな戸惑っている。

雅也は固唾を飲んで、姉妹の会話を見守る。

「詩織ねえさん、雅也くんと付き合うなんて、そんなことできるわけないよ！」

「あら、どうして？　お似合いのカップルだと思うけど」

姉の何気ない返事が耳に届き、雅也の全身に寒気が走った。

（駄目です、詩織さん！　それは多分、地雷です。加奈子先輩、泣いちゃいます！）

雅也の予想は、見事に当たった。

たちまち加奈子の瞳に、涙があふれだした。詩織は相当に驚いている。

「そ、そんなこと言わないでよ、詩織ねえさん！」

学校の更衣室で雅也が見たような、感情の爆発が起きた。これは仕方がない。

雅也と詩織の三角関係に直面してから、加奈子は信じられないほどの苦悩とストレスに悩まされてきたはずだ。恋愛の悩みと、将来の不安。それを一種の〝ライバル〟である姉にしか相談できなかったのだ。

「お姉ちゃんだって、若松くんのこと大好きでしょ、というか、愛しているじゃない！　好きでもない人とエッチができるような人じゃないもん、お姉ちゃんは。だ、だから、だから私は苦しんでいるのに、そんなこと言わないでよ」

妹の豹変ぶりを見た姉の行動は、素早かった。「ごめんなさい！」と叫ぶと、すぐに加奈子のもとに駆け寄った。そして無限の包容力で妹を抱きしめる。

（やっぱり、詩織さんは加奈子先輩に、自分が僕とセックスをしたことを、きちんと伝えていたんだ！）

詩織と加奈子の関係を考えれば当然のことではいえ、やはり雅也は驚きに身体を震わせてしまう。

「ごめんね、加奈ちゃん、ごめんね。お姉ちゃんが悪いの」

「ううん、悪いのは詩織ねえさんじゃないの。誰も悪くないの。でも、ものすごく変なことになっちゃって、どうしたらいいか本当に分からない……」

「加奈ちゃんに分かってほしいのは、妹の幸福は姉の幸福だってことなの。それだけはお願いだから、理解してくれないかな？」

「私だって、お姉ちゃんの気持ちは分かっている。でも、でも、やっぱり、詩織ねえさんだけが身を引いたら、詩織ねえさんが幸福じゃないのは事実でしょ？　私は、詩織ねえさんと一緒に幸せになりたいの。妹の幸福が姉の幸福じゃなくて、姉妹で幸福になりたいの！」

超過激なランジェリーをつけた姉妹が抱きあっている。妹は姉の胸に顔を埋めて泣き、姉はそれを受け止めている。非常にシュールな光景とも言えるが、もちろん感動的でもあるし、やはり相当にエロティックでもあった。

（どうしたらいい……？　僕に何かできることはないのかな。僕だって、めちゃくちゃに詩織さんと加奈子先輩には助けられた。今度は僕の番なのに！）

雅也は地団駄を踏みたくなる気持ちを、必死で抑える。

歯を食いしばっている男子高校生のもとに、加奈子の涙声が届く。

「も、もう、男の人なんて好きにならない。こんなに苦しい気持ちになるのなら恋愛なんてしたくない！」

加奈子の言っていることは、ある種の正論ではある。恋愛に勝者がいれば、必ず敗者が生まれることは小学生でも知っている。そうした〝闘争〟から自由でいようと思えば、確かに恋愛しないことしか方法はない。

（でも、それって、やっぱり違うと思う。絶対に、違う。特に加奈子先輩みたいな素敵な人が恋愛を諦めるなんて、そんなこと許されないよ）

雅也は加奈子のことを愛しているが、自己中心的な感情からは遠い位置にいた。別の男が彼氏になって幸せになるのなら構わないと思っていた。

悩みに悩んでいると突然、頭の中で爆発的に閃いた。雅也が姉妹を共に幸せにしたいと願い続け、その願いの強さにより、妙案が浮かんだのだ。

（で、でも、これでいいのかな？　こんなことって、絶対に……）

躊躇する自分に、もう一人の自分が「駄目でもともとだろ！」と叱咤する。雅也は覚悟を決めた。

抱きあう二人に向かって、大声を上げた。

「詩織さん、加奈子先輩、僕の方を見て下さい！　お願いです！」

突然に割り込んだ効果は大きかったようで、姉妹はびっくりしたような表情で雅也の方を振り向いた。

雅也と姉妹の距離は、二、三歩でしかない。

ぐっ、と脚を踏み出した雅也は、姉妹の前に立つ。そして両手を拡げると、二人とも包み込み、顔を一気に近づけた。

姉の詩織も、妹の加奈子も、雅也の迫力に気圧されている。

そうして雅也は姉妹の間を突き進み、抱き寄せていた手を二人の頭に回すと、顔と顔を密着させた。詩織と加奈子の表情が寄り添うのを見ると、自分の唇を姉妹の唇に押し当てた。

祈るような気持ちで、そのままじっとしている。

雅也の唇は、半分が姉の詩織に、半分が妹の加奈子の唇に、ぴったりと押し当てられている。本当の恋人がするようなライトキスではないだろうが、それでもキスはキスに違いない。

ひたすらにじっとしていると、まず詩織から身体の力が抜けた。

そして詩織は自分からも唇を密着させた。姉の場合は、半分が雅也だが、残りは加奈子の方を向いている。

たちまち妹は、身体をぴくん、と震わせた。

無理もないだろう。雅也にいきなりキスされただけでも相当に驚いたはずだが、更に実の姉にもキスをされたのだ。

だが、姉の口づけの方が効果は高かったらしく、加奈子も身体の力が抜けた。

タイミングだと判断した雅也は、唇を離してみた。視線は姉妹の両方に向ける。じっと見つめてみると、詩織も加奈子も落ちついた表情を浮かべていて、なおかつ頬に赤みが差していた。

しばらく無言の時間が続いていたが、やはり最初に口を開いたのは詩織だった。

「ねえ、加奈ちゃん」

「な、なに？　詩織ねえさん？」

「私たち姉妹って、意外に頭悪いのかも」

「え!?　ど、どうして？」

「だって、三人で恋人になるって、一度も考えたことなかったでしょ？」

「あ、そうか……。でも、ひょっとすると、若松くんの頭がいいのかもしれない」

「そうだね。その可能性もあるよね」

それから姉妹は一度、雅也から視線を外した。そして、姉妹同士で見つめあう。

詩織が「加奈ちゃんは平気？」と聞く。

すると加奈子は「詩織お姉ちゃんこそ、大丈夫なの？」と逆質問する。

詩織は笑って「私、わくわくしてる。変かな？」と微笑する。

加奈子も微笑を浮かべて「じゃあ、決まり」と結論を出した。

どうやら全てが解決してしまったようだが、雅也は慌てた。一人だけ取り残される形になってしまい、何が何だか分からない。

「ちょ、ちょっと待って下さい。ぼ、僕にも分かるように、説明をお願いします！」

雅也は必死に頼み込んだのだが、姉妹は唇を半開きにして、あっけにとられていた。

それが数秒ほど続くと、今度は姉妹で顔を見合わせ、ぷっ、と噴きだした。

それから姉妹は笑い転げた。二人が元気を取り戻したのは嬉しいし、特に加奈子の場合は、ここまで明るく笑う姿を見たことがなかった。雅也にとっても嬉しいことには違いないのだが、やはり不安は強まっていく。

今度は意外にも、先に加奈子が詩織に話しかけた。

「詩織ねえさん、ごめんね、多分、私が間違えていた。きっと、私たちの頭が悪かったんだね。若松くんって、あまり頭がよくないみたい」

「私も同じことを言おうとしていたの」

そして姉妹は、途方に暮れている雅也の方を見る。それから姉妹同士で目配せをして意思を疎通させる。たちまち何かが決まったらしい。

詩織が小悪魔的な微笑を浮かべて、雅也に言う。

「じゃあ、説明してあげるから、雅也くんは目を閉じて。これは命令よ」

加奈子も、なかなか普段では見せない、意地の悪そうな笑顔を見せる。

「目をつぶらなかったら、私も詩織ねえさんも帰っちゃうからね」

「は、はい！　分かりました」

慌てて言われた通りにすると、空気が動く気配が伝わってきた。何かが近づいてきているると思った瞬間、雅也の口に滑らかで温かく、とても気持ちいいものが突進してきた。

「んんんっ！　んんんんっ！」

口も塞がれてしまい、雅也はうめいた。

（こ、これはひょっとして、ああっ、ひょっとすると！）

二つあるものの一つが離れると、残った一つは猛然と雅也の唇と舌にむしゃぶりついてきた。非常につたなさを感じるが、強いひたむきさには記憶がある。

詩織の声が、雅也の耳に届いた。

「目を開けていいよ、雅也くん」

雅也が言われた通りにすると、もう半分ほどは予想できていたが、瞳を閉じた加奈子の美貌がアップで迫っていた。美少女は舌を懸命に使い、雅也とディープキスを繰り広げていた。

（あ、甘いよ、加奈子先輩の唾液って、とっても甘いんだ！）

女子高生とのディープキス。その感動に身体を震わせていると突然、加奈子が唇を外してしまった。思わず抗議をしようとすると、今度は女子大生の美貌が雅也に迫り、唇を塞いでしまった。

「若松くんのアイディアなのに、それが分かっていないなんておかしいよね。じゃあ、三年生の私が教えてあげる。若松くんの恋人は、私たち姉妹の両方だよ」

加奈子の言葉に、雅也は「んんんっ！」と歓喜した。やけくその、一か八かの行動だったため、まさか成功するとは思っていなかったのだ。

（これからの僕は、詩織さんと加奈子先輩の、両方とお付き合いできるんだ！）

信じられない思いに頭がくらくらしていると、詩織の舌が縦横無尽に雅也の口の中で暴れだした。

（あああ……。甘さは違うけど、やっぱり詩織さんの唾液も、すごく美味しい）

うっとりとした気持ちで、雅也は詩織とのディープキスを楽しむ。

味の違いは説明が難しいが、強《し》いて言えば、妹の加奈子が透き通った感覚があり、姉の詩織は華やかな印象を受けるということだろうか。いずれにしても雅也にとっては、どちらも世界一の味に違いなかった。

「ずるいよ、詩織ねえさんのキス、長いよ！」

「ごめんね、加奈ちゃん。また三人で一緒にしよう」

「うん！　三人が一番、好き」

今度の雅也は最初から目を開くことができた。

美少女の女子高生と、セクシーな女子大生の甲乙付けがたい美貌が接近してくる。

二人とも唇を軽く開けているのは、もちろんディープキスのためだ。

姉妹が息を合わせてくれたため、今度のキスは、より綺麗な配置になった。

ちょうど雅也の唇の半分ずつを姉妹の唇が占める。そして、二本の舌が真っ直ぐに向かってくる。

雅也はじっと待ち、姉妹の舌が入ってきたところで自分の舌を動かす。詩織や加奈子だけの舌を愛することもあれば、三人で舌が猛烈に絡み合うこともある。

室内に、淫らな雰囲気が充満していく。

誰もが「んんっ」と、うめき声を漏らす。三人の全員が恋人になり、それぞれの愛情を確かめあうというキスから、性的な快感を伴うキスに変わってきたのだ。

「ぴちゃっ、じゅるっ、んんんんっ……。あああっ、も、もう、雅也くんも加奈ちゃんも高校生のくせにエッチなキスをするんだから、んんんっ……」

「んんっ、んんっ、お、お姉ちゃんが一番、舌をすっごくエッチに動かしているじゃない……。じゅるっ、じゅるっ、私と若松くんは、エッチなお姉ちゃんのキスに必死でついていってるんだから、嘘を言わないで、じゅるるるる……」

言葉だけなら姉妹は喧嘩しているようでもあるが、もちろん、その口調は興奮に蕩

けきっている。

雅也は、ひたすら「じゅるっ、んんんっ、じゅるっるっ！」と姉妹とのWディープキスに溺れきっていると、詩織が唇を離した。

すかさず加奈子が自分の唇の全てを押しつけ、舌を猛烈に動かしてくる。一方の詩織は唾液に濡れた唇を雅也の耳に押し当て「私たちのおっぱいを触って」と囁く。

再び詩織がキスに戻ったのを確認し、雅也は手を伸ばしていく。

どちらもブラジャーをしているとはいえ、裸の乳房と全く変わらない。雅也が左右の手でEカップとFカップに触れると、信じられない感触が伝わってきた。

（あああっ、詩織さんと加奈子先輩のおっぱいを一度に味わうなんて、何て贅沢なんだ！　分かる、二人のおっぱいの違いが、同時に伝わってくる！）

それぞれのバストは触っているから、姉妹の特徴は分かっている。弾力が豊かなのが詩織で、柔らかさが強いのが加奈子だ。だが、その違いが同時に神経に押し寄せてくるということに興奮する。

「雅也くんったら、あああああっ、どんどん上手くなってきて、あああああっ、私と加奈ちゃんのおっぱいの違いを味わうなんて、も、もう、本当に十五歳なの、あああっ、とってもエッチなんだから、あああああっ！」

「若松くん、ああああっ！　何も言わなくても、私とお姉ちゃんのおっぱいを較べながら楽しんでいるの、ああああっ、すぐに分かっちゃうよ、ああっ！　そして、ど、どっちも好きなんだね、私のおっぱいも、お姉ちゃんのおっぱいも。あああっ、それがとってても嬉しいの！　姉妹二人のおっぱいをどっちも愛してくれているから、すごく感じちゃうの、あああああっ！　も、もっと較べるために、もっとエッチに、いやらしく触ってぇっ！　もっと、たくさん、エッチな姉妹のおっぱい、もみもみしてええええっ！」

ばれていたのなら、開き直るだけだ。雅也は「分かりました、詩織さん、加奈子先輩！」と声をかけ、更に指の動きを加速させる。

姉妹のバストを楽しむ方法は、それこそ無限大だ。

二つの乳房を一緒に揉むこともできるし、姉妹の乳首だけを集中していじることもできる。詩織はバストを揉み、加奈子は乳首を責めるということだって可能だ。

雅也が夢中になって手を動かすと、姉妹はたちまち激しく感じる。

キスの合間に、姉妹が交互にキスを解くこともある。詩織が「あああっ、もっと触って！」と淫らに懇願してキスに戻れば、加奈子が唇を離して「若松くん、気持ちいい！」とどれほど感じているかを伝えてくれたりする。

同時に姉妹の乳首をいじった時は、姉妹の両方がキスを中断してしまった。共に声を揃えて「あああ——っ！」とあえぎ、詩織と加奈子が「乳首感じるの！」とか「もっといじってぇ」と淫語をあられもなく発する。

キスとバストへの愛撫を続けていると、姉妹は雅也の短パンに手を伸ばした。

部屋の中央で立ったたまま、二人は淫らな愛撫を続ける。キスはできなくなったが、その分、姉妹の唇が自由になった。

雅也がバストを責めまくった時のあえぎ声や淫語がダイレクトに伝わってくる。

「あああっ！　雅也くんにおっぱいを触ってもらうのって、本当に最高！　感じすぎちゃって、おかしくなっちゃうよぉ！」

「あああああっ！　若松くんの手と指が大好きなの！　それに詩織ねえさんが、私の横でいやらしくなっているのも興奮しちゃう！　あああっ、若松くん、私のおっぱい、めちゃくちゃにしてぇっ！」

姉妹は快楽に溺れながらも、しっかりと手を伸ばし、雅也の短パンを取り去ってしまう。だが圧巻だったのはトランクスを脱がす時だ。

雅也の勃起があまりにも急角度になってしまうため、いつも亀頭が端に引っかかってしまう。今回もそうなっていたのだが、詩織と加奈子の二人が手をトランクスの中に入れてきたのだ。

二つの手が優しく雅也のペニスに触れ、下腹部にぴったりと押しつける。姉妹の指を同時に味わうという興奮と、あの「オナニー禁止令」で欲望がたまりきっているため、雅也は目眩がするほどの快感を得てしまう。

男子高校生の下半身を裸にした姉妹は、やはり二本の手で手コキを開始する。雅也が巨大な快感に「ああああああああ――っ！」と悩乱してしまう。

姉妹もすぐ、Wプレイの面白さに夢中になった。

基本は詩織が竿をしごいたとすると、加奈子が優しく玉を撫でたり、その逆になったり、という具合だが、姉妹はすぐに別の方法も編みだした。

例えば詩織と加奈子がどちらも竿を愛撫するのだ。この場合は、詩織が亀頭を集中的に責め、加奈子は根元を愛撫し尽くす、ということになる。

雅也はどんどん追い詰められ、姉妹のバストを触る余裕もなくしていく。そんな様子を嬉しそうに見つめながら詩織が言う。

「雅也くん、どうして私がオナニーを禁止したか、分かる？」

「あああっ、わ、分かりません、あああ――っ！」

「それはね、雅也くんに何度も何度も、たくさんイッてほしいからなの。本当は加奈ちゃんとたくさんしてもらうためだったんだけど、今の方がちょうどいいかもしれないね。私たち姉妹は、雅也くんがイクところを見るのが大好きだから、絶対に我慢しないでね」

「わ、分かりました、というより、も、もう、イキそうです」

雅也が正直に告げると、姉妹は「嬉しい！」と声を揃える。そして更に手を自由自在に動かすうちに、今度は加奈子が雅也に声をかける。

「若松くん、安心してイッていいんだから、私たちの身体もたくさん触って。特にクリトリスを可愛がってもらうと、とっても嬉しいな」

「あ、あああっ、ごめんなさい！」

雅也は慌てて、姉妹のパンティに指を伸ばした。

クロッチの部分を探ると、秘部が当たっている部分は綺麗に切り取られていた。雅也は詩織の穴あきブラを見ているのですぐに理解したが、これも実のところ、とんでもなく猥褻なランジェリーなのは間違いない。

姉妹のヴァギナは濡れそぼっていて、もう太ももにまで垂れていた。

股間全体の潤滑性は増している。雅也は大胆に指を伸ばし、既に皮が剥けて膨らみきっている突起を愛撫した。

「あ、ああああっ！　雅也くん、あああっ、そうよ、とっても上手！」

「あああっ、若松くん！　初めての人が若松くんで、本当に嬉しい！　私、処女で経験がないけれど、クリトリスだけはオナニーで気持ちよくなっていたから、もっとぐりぐりしていいんだよ、あああああ――っ！」

三人は相互愛撫に狂っていた。

姉妹は少年のペニスを、少年は姉妹のクリトリスを、どちらも猛烈に手や指を使い、とにかく相手を感じさせようとする。様々な淫戯が繰り広げられるうちに、最初に脱落したのは、やはり雅也だった。

「い、イキます！　オチンチンから精液が、出ちゃいます！　あ、あああっ、い、イク、イク、イクぅぅ――――っ！」

身体を震わせると、ペニスから白濁液を噴きあげた。

姉妹は手を使って精液を受け止めた。そして互いに顔を見合わせ、この白濁液をどうしようかというような表情を見せた。

すると詩織が思いついたような表情を見せ、精液まみれの手を伸ばし、何と加奈子の股間に塗っていく。

「あ、あああっ！　詩織ねえさん、これ、すごくぬるぬるしていて、あああああっ、すごく気持ちいい！」

「さあ、加奈ちゃんも、私のオマ○コに精液をお願い」

加奈子もすぐに動き、詩織の股間に精液を浴びせる。詩織もすぐに「あああっ」と淫らな声を漏らす。

（あ、あああっ！　何か、姉妹でレズプレイをしているみたいで、めちゃくちゃに興奮しちゃうよ！）

さっき精液を放出したばかりなのに、新しい興奮に雅也のペニスは切なげにぴくぴくと震える。

一方の姉妹はそれぞれの股間に塗り終えると、声を揃えて雅也に懇願する。

「お願い、今度は私たちを、イカせて！」

これまで雅也は、自分の精液をどちらかと言えば不潔なものと感じていた。オナニーでティッシュが破れてしまい、自分の手についた時は必死になって洗って落そうとしたりしていたものだ。

(だけど今は、全くそんな気になれない。同じ僕の精液なのに……)

姉妹のクリトリスやヴァギナに付着した精液は、自分のものであっても神々しく見えるから不思議だった。

雅也は興奮に四肢を震わせながら、姉妹の肉芽に指を進める。触ってみると確かに潤滑性が豊かで、指が自由自在に動く。

気合いを入れて姉妹のクリトリスを愛撫すると、すぐに敏感な反応が返ってきた。

「ああ――っ！　雅也くんの精液が、私のクリトリスをいっぱい愛してくれていて、あああっ、気持ちいいだけじゃなくて、すごく興奮しちゃう！」

「あああああっ！　私も若松くんの精液が大好き！　飲むだけじゃなくて、こうやって身体につけられても興奮するんだね、あああっ、気持ちいい！」

最初にバストをかなり愛撫していたし、精液の応援もあり、姉妹もエクスタシーの階段を駆け上がっていく。

詩織と加奈子が「あああっ、もうイッちゃいそう！」と声を揃えると、何とあの水音が、女子大生からだけでなく、美少女の股間からも聞こえてきたのだ。雅也も驚いたが、詩織もかなりびっくりしたようだ。

「あああっ、加奈ちゃん！　加奈ちゃんも、漏れちゃいそうなの!?」

「あああっ、詩織ねえさん、何が何だか分からないの！　オマ○コから、何かが出てきそうで、すごく怖い！」

「大丈夫よ、加奈ちゃん。それは潮なの。女性によって違うんだけど、敏感な人はクリトリスでも出ちゃうの。お姉ちゃんもそうみたいだから、あああっ、こうなったら一緒に出して、雅也くんに受け止めてもらいましょう」

「ああああっ、よく分からないけど、そうする。詩織ねえさんのアドバイスで間違ったことはないから、あああっ！」

姉妹の会話を聞きながら、雅也は更に指の動きを緻密なものにして、二人を完璧なエクスタシーに導こうとする。

「あああっ、雅也くん、私もイッちゃう！　オマ○コから潮が出ちゃうのも、すごく分かる！　あああっ、雅也くんの素敵な指で、イッちゃう！　出しちゃう！」

「あああっ、若松くん、私もイッちゃうのっ！　あああああっ、オマ○コがひくひくしちゃて、何が何だか分からないけど、あああああっ、大好きな若松くんの指と精液で、あああっ、イッちゃう！」

姉妹は最後に「イクぅ――――――っ！」と声を揃えてのけぞった。次の瞬間、ばしゃ――――っ、という音が響き渡った。

「あああっ、詩織さんと加奈子先輩の、W《ダブル》潮噴きだっ！」

雅也は感激して叫び、目を大きく見開いた。

やはり姉の詩織は、一本の直線となって真下に噴出する。対して妹の加奈子は、スプレーのように霧状の水滴が広範囲にまき散らされた。

経験のある詩織は「あああああ――――っ！」と素直に潮のエクスタシーに従っているが、やはり初体験となった加奈子は相当に驚いてしまったようだ。「いや、いや、いやあああ――――っ！」と泣き叫ぶようにして達していく。

潮を噴き終わった瞬間、姉妹は床に崩れ落ちた。

雅也は慌てて自分もしゃがみ込む。だが、姉妹は意識までは失っていなかった。幸福そうな微笑を浮かべ、雅也を歓迎する。

しゃがんだことがきっかけとなって、雅也は床に横になることになった。美人姉妹がその上に覆い被さる。頭はペニスに、ヒップは雅也の顔に向けるという、つまりは

W69の体勢になった。

詩織と加奈子は迷わず雅也の肉棒に襲いかかる。

W手コキと同じ理屈ではあるが、やはりWフェラも最高の快楽だった。舌と唇が竿と言わず玉と言わず、ペニスの全体を愛撫し尽くしていく。

また、さっき雅也は大量の精液を噴きあげたから、W掃除フェラの側面もある。実際、姉妹は最初、フェラチオと言うより、竿に残っていた精液を舐めとったり、発射されることなく体内にとどまったものを吸い取ったりするのを楽しんでいた。

（あぁあ……。僕の顔の目の前で、詩織さんと加奈子先輩のオマ◯コが並んでいる。何てすごい眺めなんだろう……）

穴あきパンティを穿いている二つのヒップは、誘うように揺れている。姉妹はフェラチオに夢中で言葉を発することができないが、ヴァギナに指を挿入するよう求めているのは明らかだった。

詩織の場合は大丈夫だろうが、加奈子にとっては最初の経験だ。ほとんど童貞と変わらない雅也にとっては重い任務だが、やり遂げなければならない。

ちょうどよかったのは、左側が詩織で、右側が加奈子になっていることだ。雅也は利き手が右だから、よく動く方を処女の女子高生に使うことができる。

まず確認のためにも、先に詩織に入れることにした。

クリトリスの愛撫で大活躍した雅也の精液は、さっきの潮噴きで綺麗になくなってしまっている。ただ、愛液の量は姉妹とも極めて多い。ヴァギナからこんこんと溢れていて、二人の興奮の強さを物語っている。

二本の指を、姉のヴァギナに当てる。

するとたちまち、フェラをしている詩織が「んんんっ！」と声を漏らした。挿入を喜んでいるのだ。

淫裂に沿うように指を動かし、割れ目をきちんと確認する。そして深呼吸をしながら奥に進めていく。

最初、詩織は「んんんっ！　んんっ、んんんっ！」とくぐもった声を上げていたのだが、途中でフェラができなくなったらしい。

「あああっ！　雅也くんの指が、とっても、気持ちいい、あああっ！」

詩織が狂乱するのを見ながら、いよいよ加奈子のヴァギナに挑戦する。

使うのは、人さし指だけだ。全く挿入の経験がない加奈子には、これだけでも大きな負担かもしれない。ただし、ここで慣れておかないと、いよいよペニスを挿入する時が大変になってしまう。

祈るような気持ちで、雅也は指を女子高生のヴァギナに当てた。

やはりフェラをしている加奈子が「んんっ！」と声を漏らす。気のせいかもしれないが、詩織に較べると緊張しているように聞こえた。

ゆっくり、ゆっくり、と心に念じながら、雅也は指を動かす。

ほんの少し入れていくたびに、加奈子のヒップは、ぴくん、ぴくん、と小刻みに震える。それが気持ちよさを現しているのか、恐怖や痛みを伝えているのか、雅也には判断ができない。ただ、本当に無理な場合は、フェラを中断して訴えてくるだろうとは思っていた。

そろそろと進めていると、急に膣の中にくぼみがあるのを発見した。

(あ、これは詩織さんの中で見つけたものと同じだ……)

姉は死ぬほど感じて、初めての潮噴きに導くことができた。雅也は左手を探るように動かすと、詩織でも見つけることができた。

覚悟を決めて、ぐっ、と押してみると、何とペニスで蠢いていた二つの唇が、いきなり離れてしまった。

「あああああっ、そこよ、そこが一番感じるの、雅也くん!」

「あああああっ! 若松くん、初めてなのに、どうしたんだろう、全然痛くないし、ああっ、すごく気持ちいい!」

姉妹の歓喜した声を聞き、雅也は心から安心した。

かなり積極的に指を動かしてみると、あのぴちゃぴちゃという水音が再び部屋中に響くようになった。

詩織と加奈子はフェラに戻っていくが「んんんっ！」と切羽詰まった声を、ひっきりなしに漏らすようになっている。Wフェラだから桁違いの快感が雅也に襲いかかっているが、一人一人の技は相当におろそかになってきている。

だが、雅也は何よりも、ヴァギナの様子に激しく興奮していた。

指を使うと、姉妹の膣道の違いが、はっきりと分かる。詩織の蠢きが凄まじいのはペニスでも知っているから、やはり鮮烈な印象を受けるのは加奈子の方だ。

(よ、よく分からないけれど、これ、すごく締まっているんじゃないかな？)

生真面目で堅物っぽいところのある高校生でも「名器」という言葉は知っている。最初は、それこそ加奈子が処女のため、単純に膣が狭いのではないかと懸念したのだが、そんなことはなかった。動かしてみると、内部の広さは詩織も加奈子もあまり変わらない。

それに女子高生の膣は、常に狭いというわけではないのだ。

例えば、くぼんだスポットを押す時は難なく動かすことができる。だが、戻していこうとすると、ぎゅっ、と締まるのだ。まるで「行かないで」と懇願しているようだが、これは膣の襞がからみついているとしか思えない。

もし、それが本当だとすれば、とにかく詩織も加奈子も、素晴らしいヴァギナの持ち主だということになる。指で愛撫していても興奮してくるが、指がペニスだったらどうなるのだろうとわくわくしてしまう。

三人のリズムは、次第にぴったりと合ってくるようになった。

雅也は左右の指を使うことに慣れ、姉妹はWフェラの要領を飲み込んだようだ。となれば、誰もが強い快感を与え、受け取ることになる。

ペニスは再び破裂しそうに勃起し、射精が近いことを示していた。ヴァギナの方も水音と、蠢きや締まりがきつくなってきていて、これも絶頂がそう遠くないことを教えてくれている。

（ああ、今度は、詩織さんと加奈子先輩の潮を、顔に浴びることができるんだ）

雅也が心をときめかせるうちに、とうとうその瞬間がやって来た。

姉妹のくぐもった声が激しさを増すうちに、詩織のヴァギナからは直線的に、加奈子のヴァギナからは噴霧状の潮が、一斉に噴きだした。

味は基本的に無味無臭、無色透明だから、ミネラルウォーターと似ている。だが、浴びせられ方は全く違う。詩織の場合は暴力的といえるほどの水圧で、雅也の顔に当たると四方八方に飛び散ってしまう。加奈子の場合は細かな水滴が降り注ぐことになるから、爽やかな雨に濡れているような感じになる。

姉妹のW潮噴きを間近で見ることができて、なおかつ当たり方の個性や、両方を味わうことができた雅也は心から満足していた。後は詩織と加奈子の口腔に向かって、二度目の射精をするだけだった。潮を噴き終わった二人は四肢を震わせて痙攣しながらも、最後の力を振り絞ってWフェラを続けているのだ。

姉妹が雅也の精液を全て飲み干して、三人の69は終わった。

さすがに少し疲れてしまい、誰もが休んでいたが、しばらくするとキスや愛撫で戯れるようになり、いよいよ今日の最も重要なイベントにチャレンジする雰囲気になってきた。

加奈子の処女喪失――。

改めて、詩織が側にいてくれて本当に助かると思う。精神的な安心感だけでも全く違うのだ。

三人はベッドに移動した。

主役なのだから、加奈子が中央に横たわる。表情には緊張の色もあるが、やはり吹っ切れたような爽快感のある印象が強い。雅也にもそうだろうが、特に詩織を信頼して全てを委ねるつもりなのだ。

詩織が見守る中、まず雅也と加奈子はディープキスを始める。

雅也の脳裏には、互いに素直になれなかった頃の記憶が蘇る。特に、女子更衣室の喧嘩は、完全にキスできないストレスが原因だった。

それが今は、互いに自由自在に舌を動かし、唾液を行き来させることができる。

一日中でも溺れていたいと思う。だが、キスをすればするほど、キスをやめなければと思ってしまう。それは雅也のペニスが苦しそうに蠢き、加奈子の腰もぴくぴくと淫らに震えてくるからだ。キスをするほど性感が増し、更に次のステップに進みたくなってしまう。

途中からは詩織も参加し、三人のディープキスも繰り広げられた。雰囲気はどんどん高まっていく。

そして、とうとう、加奈子が切なげに訴えてきた。

「若松くん、若松くん！」

「加奈子先輩？」

「あああっ、も、もう我慢できないの、早く、早く、お願い！」

最高の美少女が、自分の肉棒を欲しがっている姿——信じられない光景に、雅也の心の奥深くに眠っていた〝男らしさ〟が、とうとう覚醒した。

「何が欲しいんですか、加奈子先輩？」

思いきって〝上から目線〟で問いかけると、女子高生は「信じられない」とでもいうように目を見開き、そして全ての羞恥心を捨て去ったのか、可憐な声をひときわ絶叫させて叫ぶ。

「若松くんの、お、オチンチンを、私のオマ○コで受け入れたくて仕方がないの。お願い、オチンチンをちょうだい！　若松くんのオチン○ンを、私のエッチなオマ○コに入れてぇぇぇっ！」

「僕は加奈子先輩と詩織さんの両方を愛しているんです。これからは三人で付き合ってもらいたいんです。それでいいんですね⁉」

雅也の〝告白〟に、姉妹は同時に反応した。

「あああっ！　それがいいの、若松くん！　三人で恋人になるの！　私も若松くんと、詩織ねえさんのことが大好き！」

「嬉しいよ、雅也くん、加奈ちゃん！　ああっ、こんな幸せ、人生で初めて！　私も雅也くんと加奈ちゃんを愛してる、心の底から大好き！」

姉妹の同意を得た雅也は、更に愛撫を加速させる。

肢体を愛するプロセスは一通りしようと決めていた。再びバストを触り、舌でしゃぶり、特に股間はクンニをして濡らしておこうと思っていた。

だが、加奈子もそんなことは分かっていたはずだ。それでも悲鳴をあげるということは、身体が切羽詰まった状態になっているのかもしれない。

ふと、雅也は思い立ち、指を加奈子の股間に伸ばして触れてみた。すると、ものすごいことになっていた。

(びしょびしょになってる。先輩は本当に僕のオチンチンが欲しくて仕方ないんだ)

加奈子の訴えは、雅也は理解することができた。視線を詩織に送ってみると、妹の様子を見ながら、雅也に向かって頷いた。

いよいよ、という雰囲気が部屋に満ちる。

加奈子は自分の願いが叶えられ、瞳をきらきらさせながら雅也に視線を送ったり、詩織を向いて手を握ってもらったりしている。

雅也は、そんな加奈子に心からの愛しさを感じながら、両手を伸ばし、女子高生の膝を持って脚を開いた。

(これが加奈子先輩のオマ○コ。これから僕は、ここにオチンチンを入れるんだ)

得意になるつもりはないが、多分高校で最も友達のいない一年の男子生徒が、圧倒的なファンを誇る三年生の女子生徒の処女を奪うのだ。あのクラスメイトたちに、このことを報告したとしても——もちろん雅也はそんなことをするつもりはないものの——多分、絶対に信じてくれないだろう。

雅也は美少女の顔を熱く見つめながら、まずペニスをクリトリスに当てる。

「ああっ……若松くんのオチンチンが、すごく熱い……」

潤んだ瞳で、加奈子が呟く。女子高生の身体全体から、雅也に対する愛情が放射されている。

雅也はペニスをずらしていき、とうとう入口を見つけた。

ゆっくりと前に進み、ペニスを挿入していく。ぐっ、と亀頭がヴァギナを切り開いた時、加奈子は「うっ」とうめいた。眉間にはしわが寄る。やはり、いきなり気持ちいいというわけにはいかないようだ。

雅也は「ふぅ」と深呼吸をして、女子高生の股間に視線を集中させる。

改めて、キャラクター通りの可憐な秘裂だと心を震わせる。女子高生のヴァギナは必死で開こうと努力し、そこに我ながら膨張しきった肉棒が奥まで突き刺さろうと闘志を燃やしている。

自分のペニスに対して落ちつくように願いながら、雅也は細心の注意を払ってペニスをゆっくりと進めていく。ぐっ、と動かすと、加奈子が「あああっ！」と甲高い声を上げる。これはひょっとすると、指を挿入しておいたことが功を奏したのかと期待を持つ。思いきって最後まで入れてみることにした。

清純派のヴァギナではあるが、淫らに濡れきっていて、雅也のペニスの侵入を喜んでいるのは事実だ。秘裂が必死に開ききっていくのを見ながら、猛り狂った肉棒を、とうとう雅也はずずずっ、と進め、遂に根元までもが見えなくなった。処女の美少女と、一つに結ばれてしまったのだ。

感激を味わおうとした瞬間、加奈子が悲鳴をあげる。

「あ、あああっ！　や、やっぱり、ああっ、い、痛いよ、若松くん！」

雅也はすぐに詩織を見た。

詩織は雅也に向かって「今は動かさないで」とアドバイスし、加奈子には「全部入っているから、安心しなさい」と微笑する。

だが、加奈子は耐えようと努力しているが、苦痛の色が現れてくる。

（ど、どうしよう、詩織さんは動かすなって言うけど、やっぱり、抜いちゃった方がいいんじゃないかな……？）

雅也も不安が強くなってくると、詩織が落ちついた口調で言った。

「さあ、雅也くん、加奈子をたくさん、気持ちよくさせてあげて」

「え!?　い、いや、でも、今の、これだと……」

「雅也くんはオチンチンしか持っていないわけじゃないでしょ？　指も舌も、そして唇もある。加奈子のことを愛しているなら、まずキスしてあげたら？」

雅也は「あああっ！」とうめいた。

（ぼ、僕は馬鹿だ！　何でそんなことに気づかなかったんだろう！）

反省すると、雅也は猛然と巻き返しを図った。

謝罪と愛情を込め、雅也は加奈子に覆い被さる。そしてしっかりと女子高生の身体を抱きしめると、自分の唇を加奈子の唇に密着させた。

　美少女は潤む瞳で雅也を見つめ、唇を軽く開けてキスを受け入れる姿勢を見せた。

　それから高校生の二人は、猛烈なキスに溺れた。普通とは違い、ペニスがヴァギナに入りきったままだ。キスのために身体が動くことがあり、その時は肉棒も膣道の中で前後左右に揺れる。

（ひょっとすると、これも一つの〝慣れ〟になるんだろうか……？）

　雅也にとっては試行錯誤の連続だ。だが、それでもペニスが小さくなることがないのは、加奈子のヴァギナが気持ちいいからだ。

　潤いも充分だし、実際に挿入してみると、決して膣は狭くなかった。ぴったりとおさまる感覚はあるのだが、やはり加奈子が痛がっているということは、それこそ膣の締めつけが厳しすぎるのかもしれない。

　雅也が不安を感じながらキスをしていると、詩織が加わってきた。三人でのディープキスが始まり、加奈子は懸命に舌を使う。

「雅也くん、一緒に加奈ちゃんのおっぱい、たくさん可愛がろうよ」

　詩織が言い、雅也は頷いた。

　ペニスをヴァギナに入れたまま、雅也は上半身を折り曲げるようにして、加奈子の左のバストに顔を埋めた。思いきって乳首を唇で包む。

「あ、あああっ！　若松くん、あああっ、気持ちいいよ、若松くんにぺろぺろされるの、私大好き。もっと、もっと、たくさん、してぇ！」

雅也が夢中で舌を使おうとすると、加奈子がひときわ高い声で「あああ――っ！」と淫らに叫んだ。何があったのかと乳房から顔を上げると、詩織がいよいよ妹のバストを愛撫しようとしているところだった。

（こ、これって、詩織さんと加奈子さんの、レズプレイ……）

思わず雅也は、ごくりと唾を飲み込んでしまう。

目を見開くうちに、女子大生は女子高生のバストに指を這わせていく。

「あ、あああっ！　し、詩織ねえさんの指が、わ、私のおっぱいに……。あ、あああっ、若松くんと、詩織ねえさんの二人から愛されるなんて、私、本当に幸せ！」

加奈子の狂喜を見ながら、雅也の頭は閃いた。

（そうだ、加奈子先輩のクリトリスが……）

雅也は身体を起こし、結合部に視線を向けた。白いパンティと黒いヘアがまず目に入り、続いて雅也のペニスが加奈子のヴァギナに深々と入っているのが見える。

ペニスによってヴァギナは開かれているが、その中心に、ピンク色の突起が膨らみきっている。

股間を見つめながら、雅也は指で加奈子のクリトリスに触れる。

「はああっ！　あああっ、ああっ、若松くん、ああっ、そこ、クリトリスがすごく感じてる、あああああっ！」

詩織が「えらいわ」とでも言うように微笑を浮かべ、更に妹の乳首を舌で転がし、豊かな官能を与えようとする。

雅也と詩織が二人がかりで愛撫するうちに、加奈子が言った。

「ああっ！　だんだん、すごく気持ちよくなってきて、あああっ！　若松くん、オチンチンを動かしてみて！」

加奈子に言われ、雅也は腰を引いていく。痛がらないのを見て、雅也は今度、腰を前に出していく。亀頭がヴァギナを進んでいくと、ずぶずぶずぶ、という音がするほど加奈子は濡れている。

「あ、あああっ、若松くん、さっきとは全然、違うよ！　あああっ、若松くんのオチンチンが、私のオマ○コに入ってくるのが嬉しい！　あああっ！」

だんだんとピストン運動らしい動きになってくると、加奈子の膣は指を入れた時と同じような反応を見せてくる。つまり、ペニスの動きに合わせて、収縮を繰り返すという〝名器〟の蠢きだ。

（もっと、加奈子先輩に感じてもらうんだ、気持ちよくなってもらうんだ！）

雅也は詩織に援助を求めることにした。

「詩織さん、お願いですから、加奈子先輩のクリトリスを……」

「なるほどね、OKよ」

女子大生は目を輝かせ、雅也の方へ移動してくる。そして形の美しい手を伸ばし、指先で妹のクリトリスに触れる。それを横目で見ながら、雅也はまず、加奈子の膝をしっかりと握る。そして脚を持ちながら、いよいよ本格的なピストン運動を始めようと腰を前に突きだす。そして雅也のペニスと詩織の指、同時に責められた美少女は「あ、あぁ——っ、き、気持ちいいっ！」と、完全に乱れる。

「詩織ねえさんの指も、若松くんのオチンチンも、どっちも感じちゃう！　あああっ、こんなことされたら、狂っちゃう、私、さっきまで処女だったのに、もうこんなに感じちゃうなんて、あああっ、信じられない！」

加奈子は頭を左右に振り、スタイル抜群の肢体を震わせる。さっきまでの苦悶が嘘のようだ。

（多分、加奈子先輩の処女喪失は、うまくいきそうだ……）

安堵した雅也は、現在の状況を確認する余裕を取り戻す。周囲を見渡してみると、改めてその淫らさに驚かされた。

そもそも加奈子のような美少女が、これほど大胆なランジェリーをデザインしたことが、やはり信じられない。穴あきパンティにペニスを挿入するのは極めて卑猥だし、カップのないブラも凶暴なまでの猥褻さを発揮する。何しろ雅也が腰を動かせば、裸のFカップはゆさゆさと揺れるのだ。乳首も勃起しているのが丸見えだ。

詩織も妹の作品を着こなし、雅也のサポート役として大活躍している。

ピストン運動に専念しなければならない雅也の代わりに、妹のクリトリスや乳首を愛撫する。雅也一人だけでは、とてもここまで加奈子を感じさせることはできなかっただろう。

(ここまでくれば、ピストン運動を全力にしても、いいんじゃないかな……?)

雅也は決心した。

一呼吸を置き、猛烈に腰を前後させた。美少女の膣道をペニスで容赦なく責め、子宮に届けと願いながら奥まで貫いた。

ベッドの上で暴れる雅也に、加奈子が「とっても激しいよ!」と叫ぶ。

「あああっ、若松くん、でも、それが気持ちいいの! あああああっ、若松くんのオチンチンが、私のオマ○コの中で暴れているのが、はっきり分かる!」

懸命に腰を振りながら、雅也も叫ぶ。

「加奈子先輩のオマ○コ、すごく気持ちいいので、オチンチンが中で膨れあがってしまいます。あああっ、先輩のオマ○コが今、すごく締めつけて、だから僕のオチンチンがぴくぴくして……。あ、あああっ!」

「あああっ、分かる、分かるよ、若松くん！　ぴくぴくっ、って動いてる！　あああっ、私のオマ〇コで感じてくれているんだね、ああっ、嬉しい！」

雅也が腰を振ると、加奈子もそれに合わせて腰を振るようになってきた。そんな妹を見て、詩織が言う。

「ああっ、加奈ちゃんったら、すごく綺麗で、でも、とってもエッチなのね、あああっ、オマ〇コはぐちょぐちょだし、お姉ちゃんが触っているクリトリスも、どんどん大きくなってきて、あああっ、興奮しちゃう！」

姉の興奮は、妹にも伝播する。

「し、詩織ねえさんに、そんなことを言われたら、もっともっとエッチになっちゃうよ、ああああっ！　だって、クリトリスをたくさん触ってもらうだけでも気持ちいいのに、いやあああっ！」

雅也は、もう加奈子だけに集中しなくても大丈夫だろうと判断した。快楽に溺れつつある妹を見て興奮するだけでは、姉がかわいそうだと思う。手を詩織のヴァギナへ向け、当たるとすぐに挿入しようとした。

「ど、どうしたの、雅也くん……。あ、あああっ、わ、私は大丈夫、今は加奈子を感じさせることに集中して！　あ、あああっ、だ、駄目、そんなことしたら、オマ〇コにずぶずぶ入っちゃうから、あああっ、は、入っちゃった、雅也くんの指が、私のぐちょぐちょのオマ○コに、奥まで来て、あああ――っ！」

確かに詩織は興奮していたらしく、ヴァギナは難なく二本の指を受け入れた。雅也はペニスで加奈子を突きながら、指でも詩織を責め立てる。集中力を限界まで高め、それぞれのリズムが一致するようにする。

姉妹は互いに狂う様を見て、更に興奮を高めていく。

「詩織ねえさんにも、あああっ、若松くんの指が、あああっ、そんなにたくさん出たり入ったりして、すごくいやらしい、あああっ、とっても興奮しちゃう！」

「か、加奈ちゃんだって、あああああっ、雅也くんのオチンチンをそんなに咥え込んじゃって、オマ○コから、いやらしい液がたくさん出てる！」

「あああっ、お、お姉ちゃん、私、もう駄目、イッちゃう、お姉ちゃんと一緒にイキたいのに、あああああっ、も、もう我慢できない！」

「だ、大丈夫よ、加奈ちゃん、あああっ！　私も興奮しちゃっていたから、もう、すぐにイッちゃうから、あああっ、一緒に、一緒に、イッてぇっ！」

姉妹が呼びあう中に、雅也も「僕もイキます」と入る。すると加奈子が「イッて、私のオマ○コで、たくさん、イッてぇっ！」と歓喜する。

詩織と加奈子の声に、雅也は歯を噛みしめる。

（あああっ、こんなにいやらしいと、気を許したら、すぐに出ちゃうよ！）

まだ達するわけにはいかない、と言い聞かせながら腰を振る。女子高生のヴァギナでペニスを膨らませきりながら、加奈子に言う。

「加奈子先輩、ぼ、僕はどこに精液を出せばいいんですか⁉」

「あああああっ、ど、どうしたらいいの、私、分からない、あああああっ！　でも、どこでもいいの、身体の全てで雅也くんの精液を受け止めたい！」

「そ、そんなに締めないで下さい、そんなことされたら、あああああっ、も、もう、オチンチンが保たないです！」

言葉とは裏腹に、身体が勝手にピストン運動を加速させる。雅也が圧倒的な快楽に打ちのめされそうになっていると、詩織が叫んだ。

「あああっ、雅也くん、加奈ちゃんの中で出して！　加奈ちゃんは安全日だから、妊娠の心配はないの、あああああっ、思いっきり、雅也くんの濃くてたくさんの精液、加奈ちゃんのオマ〇コに注ぎ込んで！」

「わ、分かりました、あああああっ、加奈子先輩のオマ〇コに、たくさん精液を注ぎ込みます！」

姉の〝命令〟に雅也は歓喜するが、それは何と妹も同じだった。

「あああああ――――っ！　嬉しい、雅也くん、ありがとう、お姉ちゃん！　私、雅也くんの精液をオマ〇コで受け止めたかったから、あああああっ、嬉しくて、イッちゃう、イク、イク、イクぅ――――――っ！」

加奈子は身体を弓なりに反らせ、絶叫しながら達する。

（あああああっ、加奈子先輩のオマ〇コが、ものすごく締まっていく！）

膣道全体が、これまでにないほど雅也のペニスを包み込んだ。それは当然、エクスタシーの影響もあるのだろうが、美少女は中出しする雅也の精液を、一滴も外に漏れないようにしているようにも思えた。

（あと少しだけ時間が欲しい！　じゃないと、詩織さんが取り残されてしまう！）

雅也は必死に指を女子大生のヴァギナでかき回す。すると、祈りが通じた。

「あああああっ、雅也くん、加奈ちゃん、私もイッちゃう、イク、イク、あああっ、出ちゃう、また潮がたくさん、出ちゃう――――――っ！」

詩織も身体を反らせ、股間から無色透明の液体を噴出させた。一本の流れは雅也を直撃し、当たって散らばることで加奈子も詩織もびしょ濡れにする。

「加奈子先輩、詩織さん、ぼ、僕も、ああっ、い、イク、イクっ、精液が先輩のオマ〇コの中に、で、出るぅぅぅっ！」

女子高生のヴァギナ、その最も奥までペニスを突っ込むと、雅也は子宮に向かって白濁液を放った。

どくっ、どくっ、どく――――――っ！

オナニー禁止令の効果は凄まじく、雅也のペニスは全く勢いを失わないまま、どんどん精液を中出しする。加奈子の子宮は開ききり、その全てを受け止める。

雅也も詩織も加奈子も崩れ落ち、意識が飛んでいた。そのため、加奈子のヴァギナから潮が漏れ出していることには気づいていなかった。美少女は初体験のセックスだったにもかかわらず〝ハメ潮〟を噴いてしまっていたのだ。


「うわあ、まだ最初の時と全然、変わらないよ、若松くんのオチンチン。本当にすごいね、詩織ねえさん！」

「だって、お姉ちゃんの命令をちゃんと守ってくれたんだもん。雅也くんのオチンチンには、まだたくさんの精液が残っているから、全部出してあげないとね」

「うん、若松くんがイッてくれるの、すごく嬉しくて楽しいから、大丈夫」

姉妹の淫らな会話で、雅也は意識を取り戻した。

「し、詩織さん、あああっ、加奈子先輩！」

目に飛びこんできたのは、床に伸びている自分の身体と、その脇に四つん這いになっている姉妹の姿だった。

中心には、いまだに勃起を続けているペニス。

姉妹は舌を伸ばし、全てを舐め尽くしていた。気持ちいいし、詩織のEカップと加奈子のFカップが、お掃除フェラの動きに合わせて揺れるのも、脳天がスパークするほど扇情的な光景だった。

「あ、若松くんが起きた！」

「おはよう、雅也くん」

嬉しそうな表情で話しかけてくる加奈子と詩織。それだけを見れば、とんでもないレベルの美人姉妹というだけだが、バストや股間が丸見えのランジェリーを身にまとっている。何より、挨拶をする瞬間にも、二人の指はペニスから離れない。妹が竿をしごいていて、姉が玉を撫でさすっている。

（ほ、本当に、僕の全身から精液が全てなくなってしまうかもしれない……）

雅也の脳裏には、ひからびて死んでしまう自分の姿が浮かんだ。

こんな美人と、しかも姉妹と同時に交際するということだけを聞けば、誰でも死ぬほどうらやましがるだろうが、現場は意外に大変なのだ──もちろん、詩織と加奈子に殺されるのなら本望だとはいえ──などと雅也は考えた。

だが、少なくともペニスは全くそんなことを考えていないようだ。姉妹によるWお掃除フェラに歓喜し、浅ましいほど天を向いてそそり立っている。

加奈子が詩織を見ながら言う。

「詩織ねえさんのエッチ、見たいよ。私ばっかりじゃずるい」

「いいの？　もうみんなで合意したけれど、やっぱり加奈ちゃんと雅也くんが本当のカップルになってもいいいんだよ？」

「あ、まだそんなこと言ってる。じゃあ、この元気で素敵なオチンチン、私がもう一回もらっちゃうね」

「駄目、加奈ちゃん！　ちゃんと順番は守ってよ！」

そして姉妹は楽しそうに笑う。雅也も笑顔になるうちに、詩織が立ちあがった。雅也を潤んだ瞳で見つめながら、腰を下ろし、騎乗位の姿勢で挿入する。

（ああっ……。開ききった詩織さんのオマ○コが、僕のオチンチンを咥え込んでいく……。すごく、いやらしい）

雅也が目を開ききると、たちまち詩織は「あああああっ！」とうめいた。

「もうオナニーは、これからは絶対にしないでね、雅也くん、あああああっ！」

唐突な申し出に、雅也はヴァギナの快感を味わいながら戸惑った。「えええっ⁉」と問いかけると、詩織もペニスの快楽に酔いしれながら答えた。

「だって、こんなに固くて、太くて、元気になるんだもん。それに、私たち姉妹は、雅也くんのために尽くすことが大好きなの。性欲と精液をなくしてあげるのが、もう生きがいになっちゃってるのよ」

詩織は、もう夢中になって腰を振っている。雅也の身体の上で、Ｅカップが前後左右に飛び跳ねるが、途中でヴァギナの快感に負けてしまったらしく「あああああっ！」とあえいでしまう。そのため、続きは加奈子が引き取った。

「いつでも、どこでも、エッチをしたくなったら、私たちを呼んで。二人が駆けつけるのは無理かもしれないけど、詩織ねえさんか私のどっちかは、必ず雅也くんといっぱいエッチなことをしてあげるから」

「あああっ、詩織さん、あああああっ、加奈子先輩！」

ヴァギナの感触だけでもたまらないのに、姉妹の淫らな言葉に、雅也は完全に打ちのめされてしまった。

（これから僕は、何回、射精をするんだろう……）

思いを巡らせると、ペニスの硬度が増し、詩織が「あああああっ！」と叫ぶ。すると加奈子が我慢できなくなったというように雅也に声をかけてきた。

「ね、ねえ、雅也くん、私のオマ○コ、いっぱい舐めてくれる？」

「も、もちろんです、加奈子先輩！」

加奈子も立ちあがり、騎乗位で責められている雅也の頭の上で脚をまたぐと、そのまま股間を下ろしていった。

すぐに雅也の顔は、美少女のヴァギナで覆われてしまった。夢中で舌を使うと、女子高生は「あああああっ！」と淫らにあえいだ。

「あああっ、恋人ができるって、こんなに素敵で、そして、あああっ、こ、こんなに気持ちいいなんて、あああっ！　私、頑張る。雅也くんとお姉ちゃんと幸せになって、セクシーなランジェリーをいっぱい、デザインしちゃう、あああっ！」

妹の〝決意表明〟に、姉が反応した。

「そ、そうよ、加奈ちゃん、ああああっ！　セクシーな下着をデザインしたら、お姉ちゃんが必ずつけてあげる。そして雅也くんをもっと興奮させて、三人でエッチを毎日、たくさんして、あああっ、もっと加奈ちゃんのデザイン力を発揮させて、ああぁっ、そして三人で幸せになるの！」

雅也は感動したが、その気持ちを口にすることはできない。更にクンニを激しくし、ペニスを爆発的に膨張させることで意思を伝えた。

十五歳の少年、十七歳の女子高生、そして二十一歳の女子大生による3Pは、全く終わる気配がなかった。

エピローグ

雅也の母親である玲子が、最高の微笑を浮かべた。

「素晴らしい作品ね。感心したわ」

加奈子は瞳を輝かせながら、玲子に向かってお辞儀をする。そして元気いっぱいの声で「ありがとうございました！」と礼を言った。

ここは、玲子の社長室だ。

中には玲子と加奈子、そして詩織と雅也もいる。

母子はソファーに座っている。姉妹は床に立ち、自分たちがつけているランジェリーを玲子に見てもらっている。

姉妹と雅也が3Pに溺れた時、身につけていたのを更に改良したものだ。

ポイントは、やはりブラだ。カップがなく、乳房を持ちあげるタイプを「シェルフブラ」と呼ぶらしいが、加奈子はデザインのセクシーさは変更せず、持ちあげる機能を強化した。そして「巨乳でも肩が凝らないシェルフブラ」を開発したのだ。

玲子は次に、詩織に向かって話しかける。

「詩織さん、モデルの仕事に興味はある？」

加奈子の姉は驚いたようだが、すぐに頬を赤らめながら「はい」と答えた。

「じゃあ、加奈子さんも詩織さんも、うちで働いてくれないかしら？　すぐに手伝ってもらいたい新商品の開発と、オープニングが迫っているショーがあるの。ふふっ、あなたたちがエッチなことを楽しんでいた土曜日は、私は準備に追われて大変だったんだから」

週末、３Ｐに狂いきった姉妹と雅也は、顔を真っ赤にしてしまった。女社長は、そんな三人に慈愛に満ちた視線を送り、交際の賛成をまず伝えた。

「あと加奈子さんには、お願いがあるの」

「は、はい。何でしょうか？」

「大学には絶対に行ってほしいの。勉学とデザインの両立は大変だと思うけれど、それは必ず未来に生きるわ。だから、頑張って」

「はい！　一生懸命にやります。よろしくお願いします」

玲子は満足そうな表情を浮かべると、今度は雅也の方を向いた。

「雅ちゃん？」

「何、ママ？」

「もうこれで、くだらないコンプレックスなんてどうでもよくなったでしょ？　恋人ができたら急に男らしくなるなんて、本当にパターン通りなんだから」

「ま、ママ！」

「ふふっ。からかって、ごめんなさいね。でもね、人の能力は自信も大きな影響を与えているの。自分を信じて、どんどん向上しなさい。そうしないと詩織さんや加奈子さんにふさわしくない男になるわよ」

「うん。頑張るよ、ママ」

「あなたに強制するつもりはないけれど、少なくとも社員はあなたのことを後継者だと思ってるわ。詩織さんや加奈子さんが次世代のリーダーになる可能性も高いけど、あなたのサポートが必要になるかもしれない」

雅也は、ゆっくりと頷いた。

母親に言われる前から、そのことは考えていた。自分は男だし、社長の器ではないだろう。ただ、会社を引っぱる詩織と加奈子を補助する役割はあるはずだ。

例えば姉が営業や宣伝を担当し、妹がデザインを担ったとしたら、雅也は経理や総務のプロになる――こんなイメージだ。

決意を固めていると、玲子が立ちあがった。

「ごめんなさい、予定が立て込んでいるから、もう出なければならないの」

「お忙しいところ、本当にありがとうございました」

加奈子が礼を言うと、玲子は「礼を言うのはこちらよ」と微笑する。

「さて、ママが息子にセックスを勧めるわけにはいかないけれど、将来有望なデザイナーが新しいランジェリーを創り出すのを止める権限はないわね。入館証と、社長室の合鍵を渡しておくわ。私はもう直帰しちゃうから、あなたたちの好きになさい」

玲子は社長室を出て、三人が残された。すぐに詩織と加奈子が雅也に寄ってきた。

「雅也くんのお母様って、本当に素敵な方なのね」

詩織は玲子を絶賛するが、その声はかなり淫らなトーンになっている。これから始まることを想像し、もう興奮しているらしい。

「ねえねえ、詩織ねえさん、ほら、若松くんのズボン……」

加奈子も詩織に負けず劣らず、声はかなり濡れている。妹の言葉に姉は反応し、女子大生と女子高生の瞳が雅也の股間に向けられた。

「すごい、あんなに大きくなってる……。ねえ、一緒に触ろう、加奈ちゃん」

ペニスに二人の手が伸び、たちまち愛撫を始めた。雅也は「あああっ」とうめく。

(今日は、何回、射精させられるんだろう……)

そんなことを考えていると、姉妹は雅也のチャックを下ろし、ズボンの中に手を入れてきていた。

リアルドリーム文庫の既刊情報

リアルドリーム文庫87

誘惑美少女チアガール ~女子高生彼女と幼馴染み~

誘われるままに入部したのは女子だらけの混合チアリーダー部！　久々に再会した年上の幼馴染み・夏帆に誘われ、中学からの彼女・亜佐美とともにチア部に入った俊介は、彼を巡っての恋の鞘当てに巻き込まれることに。「私という許嫁がいながら、浮気してるんだ」さらには顧問の女教師・響子の豊満な肉体にも迫られて──。

早瀬真人　挿絵／翔丸

全国書店で好評発売中

詳しくはKTCのオフィシャルサイトで **http://ktcom.jp/rdb/**

感想募集　本作品のご意見、ご感想をお待ちしております

Impression

このたびは弊社の書籍をお買いあげいただきまして、誠にありがとうございます。リアルドリーム文庫編集部では、よりいっそう作品内容を充実させるため、読者の皆様の声を参考にさせていただきたいと考えております。よろしければ、お名前、ご住所、性別、年齢、ご職業と、ご購入のタイトルをお書きのうえ、下記の宛先にご意見、ご感想をお寄せください。

〒104-0041　東京都中央区新富1-3-7ヨドコウビル

㈱キルタイムコミュニケーション　リアルドリーム文庫編集部

■E-Mailアドレス rdb@ktcom.jp

■弊社サイトからも、メールフォームにてお送りいただけます。http://ktcom.jp/rdb/

リアルドリーム文庫89

女子高生ランジェリー
魅惑のTバック姉妹

2012年7月9日　初版発行

◎著者　宝生《ほうしょう》マナブ

◎発行人
岡田英健

◎編集
神野祐介

◎装丁
マイクロハウス　広告営業本部企画制作

◎印刷所
図書印刷株式会社

◎発行
株式会社キルタイムコミュニケーション
〒104-0041 東京都中央区新富1-3-7ヨドコウビル
編集部　TEL03-3551-6147／FAX03-3551-6146
販売部　TEL03-3555-3431／FAX03-3551-1208

ISBN978-4-7992-0268-5 C0193